JOAN WENG

DIE MODE
SCHÖPFERIN
VON
MANHATTAN

atb aufbau taschenbuch

Joan Weng, geboren 1984, studierte Germanistik und Geschichte und promovierte über die Literatur der Weimarer Republik.
Im Aufbau Taschenbuch sind ihre Romane »Die rote Tänzerin«, »Amalientöchter«, »Das Café unter den Linden«, »Die Frauen vom Savignyplatz«, »Die Damen vom Pariser Platz« und »Die rote Tänzerin« sowie die Kriminalromane »Feine Leute« und »Noble Gesellschaft« lieferbar.
Mehr zur Autorin unter www.joanweng.de

New York, August 1939: Flirrende Hitze liegt über Manhattan, wo Daisy täglich die Subway zu »Valentina Couture« nimmt – dem Laden der legendären Modeschöpferin Valentina Schlee. Die talentierte Daisy genießt das Vertrauen der unnahbaren Valentina und glaubt, die Wünsche und Sehnsüchte der exklusiven Kundinnen zu kennen. Doch als sich eine der berühmtesten Schauspielerinnen ankündigt, reicher und glamouröser als alle anderen, muss Daisy einsehen, dass sie sich getäuscht hat, denn in der Welt der Eitelkeit herrschen ganz eigene Regeln.

JOAN WENG

DIE MODE SCHÖPFERIN VON MANHATTAN

ROMAN

aufbau taschenbuch

MIX
Papier | Fördert
gute Waldnutzung
FSC® C083411

ISBN 978-3-7466-3952-9

Aufbau Taschenbuch ist eine Marke
der Aufbau Verlage GmbH & Co. KG

1. Auflage 2024
Vollständige Taschenbuchausgabe
© Aufbau Verlage GmbH & Co. KG, Berlin 2024
www.aufbau-verlage.de
10969 Berlin, Prinzenstraße 85
Der Verlag behält sich das Text- und Data-Mining nach § 44b UrhG vor,
was hiermit Dritten ohne Zustimmung des Verlages untersagt ist.
Umschlaggestaltung www.buerosued.de, München
unter Verwendung eines Motivs von © Ilina Simeonova/Arcangel
Satz Greiner & Reichel, Köln
Druck und Binden CPI books GmbH, Leck, Germany

Printed in Germany

Für Silvia Lupu
In Erinnerung

KAPITEL 1

Der Sommer war drückend heiß und voller Hoffnung – man hoffte auf andauernden Frieden in Europa, man hoffte auf einen wirtschaftlichen Aufschwung oder wenigstens auf einen neuen Garbo-Film.

Daisy Goldenblatts Eltern jedoch hofften vor allem auf eines: einen Heiratsantrag von Alistair Fraser, von den Frasers aus Louisville.

Der wirtschaftliche Aufschwung kam, das sah Daisy allenthalben. Es war, als durchströme ein großes Aufatmen ganz Amerika: aufwärts, nach zehn quälenden Jahren Wirtschaftskrise, endlich wieder aufwärts.

Überall wurde das Wunder sichtbar: Die zerlumpten Arbeitslosen, die rachitischen Kinder, die mageren Frauen, die sich in löchrigen Strümpfen feilboten, all diese Schreckgespenster des Schwarzen Freitags waren plötzlich verschwunden, oder zumindest schrumpfte ihre Zahl.

Roosevelt hatte es geschafft.

Ein neuer Garbo-Film würde auch kommen oder wurde zumindest aktuell gedreht, eine Komödie sollte es sein. Etwas Lustiges über Russen und Stalin und die große Liebe würde es werden – so hatte es Daisy zumindest gerade in der Zeitung gelesen.

Eigentlich las sie nicht gerne Zeitung, all die unerfreulichen Dinge darin gingen ihr auf die Nerven.

Nur hatte der Herr, der seit der Station Wall Street in der Subway neben ihr gesessen hatte, seine Blätter so umfassend ausgebreitet, dass Daisy schon die Augen hätte zukneifen müssen, um dem baldigen Garbo-Film zu entgehen.

Und auch in Europa schien sich die Lage gut zu entwickeln, der Frieden würde halten. Verhandelten all diese grauen Anzugträger nun nicht schon seit Wochen sehr öffentlich im Geheimen mit Josef Stalin, um diesen hässlichen kleinen Deutschen von allen Seiten einzukeilen?

Zumindest glaubte Katej, Daisys Kollegin bei Valentina Schlee Couture, fest an Genosse Stalins guten Willen, verteidigte dessen Kriegshass gerne laut und wortreich. Der Sozialismus per se war ja schon ein

Garant für den Frieden und wer war mehr davon beseelt als der große Genosse Stalin? Da reichte Katej ein Blick in seine seelenvoll dunklen Augen.

Daisy für ihren Teil hegte Zweifel daran – doch da sämtliche Männer in ihrer Familie fanden, Frauen sollten sich keine politische Meinung anmaßen, hielt sie sich mit dieser Einschätzung zurück.

In New York hatte man vielleicht im Moment eine politische Meinung, aber hier trugen die Damen auch Taschen mit Bambushenkeln, und beides war im Süden im wahrsten Sinne des Wortes untragbar. Man konnte da fragen, wen man wollte.

Eine Frau mit politischer Meinung war einfach ungehörig. Was käme dann bitte als Nächstes? Krokodilleder nach fünf Uhr?

Daisy stammte aus Savannah, tief im Süden. Wie froh sie war, von dort fortgekommen zu sein. Und wie froh sie war, dass heute Montag war. Vergnügt ließ sie ihre Handtasche am Bambushenkel hin und her schlenkern.

Montag war der beste Tag der Woche, genau wie Samstag der gefährlichste war: Samstags war das Risiko eines Heiratsantrags am höchsten, Sonntag war auch noch nicht ohne, aber niemand hielt montags um die Hand einer Dame an – am allerwenigsten Alistair Fraser von den Frasers aus Louisville. Der tat sowieso nie etwas, was sich nicht gehörte.

»Hast du den Sonntag überstanden, oder muss ich

kondolieren? Ich meine natürlich: zur Verlobung gratulieren?«, rief Katej nun auch sehr passend, gerade als Daisy aus der herrlichen Kühle der Subway-Unterführung hinaustrat. Es war, als liefe sie gegen eine heiße, nach Abgasen stinkende Wand. Ihr luftiges, bunt gestreiftes Leinenkleid begann fast sofort an ihr zu kleben.

»Ah, ich sehe schon: Du bist entkommen.« Lachend hakte sich Katej bei ihr ein, fragte dann: »Was hast du ihm gesagt?«

»Sommergrippe.« Daisy hustete einige Male demonstrativ, aber es gab eben Dinge, die waren unausweichlich, und seit zwei Wochen war Alistair nun fertiger Jurist, ein Einstieg in die Kanzlei von Daisys Vater war für Oktober geplant, weshalb ihre Mutter und ihre zukünftige Schwiegermutter ihr auch schon reichlich hektisch Briefe schrieben.

Woran lag die Verzögerung? Warum hatte Alistair ihr noch immer keinen förmlichen Antrag gemacht?

War Daisy nicht extra seinetwegen und wegen seines – reichlich extravaganten – Wunsches, in New York zu studieren, in diesen Moloch von einer Stadt gezogen? Als ob es im Süden keine Universitäten gäbe! Hatte sie nicht nur seinetwegen bald zwei Jahre unter diesen barbarischen Yankees und fern von ihrer Familie gelebt? Nun ja, bei Tante und Onkel, aber trotzdem.

Ihre Mütter wollten endlich mit den konkreten

Planungen für die Hochzeitsfeierlichkeiten beginnen – am besten wäre das letzte Septemberwochenende, denn im Oktober verfärbte sich das Laub schon, und das würde einen ziemlich grässlichen Hintergrund zu Daisys rotblondem Haar abgeben.

»Was meinst du, Katej? Wie lange kann ich krank bleiben? Wie lange dauert so eine Sommergrippe denn schlimmstenfalls?«

»Ach, bei Grippe weiß man nie. Das ist tückisch, da gibt's auch immer mal einen Rückfall. Schonung ist das Beste und strikt keine emotionale Aufregung.« Katej zwinkerte ihr vergnügt zu. »Überhaupt warst du schlau, gestern direkt nach dem Film heimzugehen. Freddy ist so eine Landplage, wenn er getrunken hat. Also den heirate ich bestimmt nicht!«

Katej war auch noch nicht verlobt, was daran lag, dass sie sich einfach nicht entscheiden konnte. New York war voll von Kandidaten, und wenn man sich erst einmal festgelegt hatte, dann war der Spaß vorbei. Endgültig. Dann gab es nur noch Haushalt und Kinder und nie mehr schöne Kundinnen bei Valentina Couture und durchtanzte Nächte.

»Dabei hat er doch – ich zitiere – ›den prächtigsten Schnurrbart von ganz Manhattan‹«, stichelte Daisy gut gelaunt, während sie an sommerlich dekorierten Schaufenstern vorbeieilten. Man trug nun wieder Pastell und gerne auch gestreift.

»Also heiratest du dann doch Mick? Ich kann dir

sagen, so eine Festanstellung bei der Vertretung von Shell Oil, das ist viel wert.«

»Hör mir auf mit Festanstellung. Mit dem war ich ja am Samstag weg, und um den zu ertragen, musste ich drei Blue Mondays trinken. Von dem ganzen Zucker habe ich bestimmt zugenommen.«

Daisy musterte Katejs gertenschlanke Erscheinung in ihrem blau-weißen Lieblingskleid, todschick mit neuem Strohhütchen und Handtasche mit Bambushenkel.

»Nein, ich glaube, es ist alles in Ordnung«, gab sie Entwarnung, aber Katej schien ihr nicht zu glauben und erklärte: »Ich versuche ab heute eine neue Diät. Die macht Mae West auch, habe ich gehört, als die Crawford es Madame Valentina erzählt hat. Weil Madame sich doch weigert, mit der West zu arbeiten, weil die – jetzt zitiere ich – ›ein Gesicht wie ein Pfannkuchen hat, aber keiner von der leckeren Sorte‹.«

»Aber du bist viel schlanker als Mae West, sonst hätte Madame dich auch nie eingestellt«, gab Daisy zu bedenken. »Ich glaube nicht, dass du Diättipps brauchst. Und außerdem arbeitet Madame mit der West nicht, weil die über Madame gesagt hat, sie sähe aus wie ein Suppenhuhn von der Heilsarmee.«

»Die ist aber echt lecker, also die Hühnerbrühe von der Heilsarmee, meine ich. Ich hab die als Kind öfters gegessen«, wandte Katej ein, und wie immer, wenn sie nachdachte, blieb sie erst einmal stehen. Dabei hatten sie es mal wieder furchtbar eilig, um fünf vor acht musste aufgeschlossen werden, damit sie Schlag acht in ihren schönen Salesdresses am Schreibtisch sitzen und die Morgenpost sortieren konnten. Um halb neun würde Katej damit beginnen, die unwichtigeren Korrespondenzen in die Maschine zu hacken, während Daisy rasch noch einmal durch den Verkaufsraum von Valentina Couture eilen, das wachsame Auge schweifen lassen würde.

Auf der Suche nach – was?

Vielleicht einem Stäubchen oder einem welken Rosenblatt? Sie erkannte einen Makel, wenn sie ihn sah.

Nach nun mehr zwei Jahren in ihrer Stelle wusste Daisy, worauf die große, die gottgleiche Valentina Schlee Wert legte: vollkommene Perfektion.

Nicht mehr und nicht weniger.

Und der Verkaufsraum hatte das zu spiegeln – wobei das Wort Verkaufsraum die besondere Bedeutung dieses fast schon magischen Zimmers nicht traf.

Im Gegensatz zu normalen Geschäften fanden sich hier keine turmhohen Stapel voll grellfarbiger Pullover oder Rollwägen mit auf Bügeln gespießten Röcken. Auch Kleiderpuppen suchte man vergeblich. Zwar arrangierte Madame persönlich jeden Donnerstag das Schaufenster, aber die androgynen Drahtgestalten darin trugen nur Ensemble, die bereits verkauft oder zumindest bestellt waren.

Oft waren die Fenster auch bis auf die cremeweiße, strahlend reine Bespannseide leer, oder auf der marmornen Präsentiersäule stand etwas seltsam Unpassendes – ein zur Pusteblume werdender Löwenzahn, eine zerknüllte, vielleicht aus dem Rinnstein gefischte Zeitung, ein russischsprachiges Buch mit einem Kaffeefleck auf dem Einband.

Weder Daisy noch Katej noch dem Boy war klar, was diese extravagante Dekoration sollte, und die gesichtslos in den Hinterräumen werkelnden Näherinnen wussten es vermutlich erst recht nicht.

Doch betrat sowieso keine Kundin wegen des Huts im Schaufenster den marmorgefliesten Verkaufsraum – und tat es eine unwissende Touristin, eine neugierige Passantin doch einmal, dann war es Daisys Aufgabe, den Eindringling mit freundlichen, aber unmissverständlichen Worten aus den geweihten Hallen hinauszukomplimentieren.

Nein, Valentina Couture glich keinem anderen Laden, weder in Manhattan noch sonst irgendwo.

Hatte eine Kundin einen in dem von Daisy geführten Buch vermerkten Termin, dann führte Katej sie zu einer kleinen rosafarbenen Louis XVI.-Chaiselongue, wo man sie zu warten bat.

Jede Dame wartete geduldig, immer und grundsätzlich – was Madame Valentina währenddessen tat, wusste niemand.

Sie ließ eben warten, und ihre Kundinnen warteten

klaglos, oder sie machten ihren Platz in der strengen Kundenkartei frei – wie beispielsweise Ava Gardner, die nach einer Dreiviertelstunde wutentbrannt davonstürmte und Madame Valentina mit einem Kopfschütteln zurückließ.

»Ein Jammer, ich hätte ihr gerne geholfen. Heutzutage muss niemand mehr so herumlaufen. Sie weiß vermutlich gar nicht, was sie sich für Chancen verbaut, in so einem ... so einem ... Überwurf!«

Auf das Entsetzen über Ava Gardners Kleid hin hatte Daisy Madame Schlee ein in Champagner aufgelöstes Aspirin bringen und alle weiteren Termine des Tages absagen müssen.

»Komm, Katej, wir sollten weiter«, drängelte Daisy nun und gab ihrer Freundin einen kleinen Puff mit dem Ellenbogen.

Es war schon jetzt so unerträglich heiß, zwischen all diesem ins grenzenlose Blau aufragenden Beton staute sich die Hitze. Nicht einmal die ewigen Tauben flatterten herum und verbreiteten etwas Luftzug.

Wie schafften es nur all diese Männer, in ihren grauen und beigen Anzügen nicht einfach zu kollabieren? Abends sah man manchmal eine gelockerte Krawatte, einen geöffneten Kragenknopf oder eine in den Nacken geschobene Kreissäge, aber jetzt ...

Katej stand wie angewurzelt und erklärte: »Ich überlege, an welchem Tag es immer die gute Brühe gab. Wir könnten da mal zusammen hin. Brühe macht nicht dick.«

»Ich muss heute Abend ins Ritz. Alistair hat mich eingeladen«, bekannte Daisy und kam nicht umhin, eine vage Bannigkeit zu spüren. Am Ende hatte ihn seine Mutter so unter Druck gesetzt, dass er ihr doch einen Antrag machen würde. An einem Montag!

»Ich hab ihm aber gesagt, ich weiß nicht, ob ich gesund genug bin. Stichwort: Sommergrippe.«

»Hühnerbrühe ist ein bewährtes Hausmittel gegen Erkältung«, wandte Katej ein, doch sie war aus ihrer Versteinerung gerissen. »Ich würde absagen, Ritz ist brandgefährlich. Da schellen meine Verlobungs-alarmglocken wie verrückt, ganz egal, welche Theorien über die Mondphase du da hast.«

»Über die Wochentage, nicht die Mondphase«, korrigierte Daisy und fuhr nachdenklich fort: »Was ist daran so besonders? Ich meine, er wohnt im Ritz. Das ist doch dasselbe, wie wenn Freddy uns zu dem Italiener einlädt, über dem er sein Zimmer hat, oder? Für einen Antrag sollte er sich schon etwas Mühe geben.«

»Er ist ein Fraser. Sein Urgroßvater hat sich so viel Mühe gegeben, das reicht für die nächsten zehn Generationen.«

Darauf fiel Daisy nichts mehr ein. Vermutlich hatte Katej recht.

Für einen Alistair Fraser galten eben andere Regeln als für Freddy, Jerry oder Charles oder mit wem Katej sonst gerade tanzen ging.

Alistair war schmal und blond, und wenn man gemein sein wollte, dann konnte man ihm eine Ähnlichkeit mit diesen mageren, vollkommen überzüchteten Windhunden nachsagen. Die Frasers besaßen Plantagen, Miethäuser, eine Ziegelfabrik, aber auch Eisenbahnen, und aus einer Laune heraus hatte Alistairs Onkel mehrere Kaufhäuser erworben.

Alistair selbst war jedoch wenig geschäftstüchtig, er las gern, und manchmal komponierte er kleine Stücke für die Geige, außerdem schrieb er Gedichte und malte, sehr abstrakt – nicht einmal Daisy erkannte, was er da kritzelte, und sie gab sich wirklich Mühe.

»Na ja, irgendwann wird er mich sowieso fragen«, sagte Daisy und seufzte gottergeben. »Dass wir heiraten, steht seit Jahren fest, der Antrag ist eine reine Formsache. Also warum nicht heute, bringen wir es hinter uns.«

»Hach, wie romantisch«, erwiderte Katej und verdrehte die hübschen Veilchenaugen. »Warum sagst du ihm nicht einfach, dass du nicht willst?«

»Ich will ja nicht *nicht*. Also ich meine, ich habe nichts gegen Alistair. Er ist ein feiner Kerl und alles ...«

Daisy nickte entschieden. Besonders entschieden, weil sie durchaus einen nagenden Zweifel fühlte:

Was, wenn Alistair sie nicht fragen würde? Sie am Ende auch nicht heiraten wollte? Zum Gespött von ganz Savannah hätte sie sich dann gemacht. Hatte ihre Mutter ihr nicht gleich geraten, nicht seinetwegen nach New York zu gehen? Sah das nicht nach Hinterherlaufen aus? Was sollte dann aus ihr werden, so ohne Antrag?

Nein, sie würde jetzt nicht anfangen, sich verrückt zu machen. Sie brauchte einen klaren Kopf für die Arbeit, auch wenn sie den Job ja bald aufgeben würde.

Das würde ihr nicht leichtfallen, sie mochte ihre Stelle, aber es war, wie ihre Mutter und die Tante ständig sagten: Daisy konnte nicht ewig Saleslady bleiben. Zu arbeiten ging für eine junge Dame vielleicht gerade noch so bis zur Verlobung, danach war aber Schluss. Das ließ sich nicht ändern. Aber darum würde sie sich jetzt noch besonders viel Mühe geben.

Gegen elf würde Judy Garland zur Anprobe für dieses Reisekleid kommen, und morgen, ja morgen war der große Tag: Eleonora Roosevelt, die Präsidentengattin, hatte sich angekündigt. Erst mal nur für ein Kennenlernen – Madame Valentina war zögerlich. Offensichtlich würde sie den klangvollen Namen gern in ihre Kundenkartei aufnehmen, da würde er sich zwischen den Namen von Erbinnen und reichen Gattinnen, neben den Kennedy-Töchtern, Wallis Simpson und Katharine Hepburn auch gut machen. Andererseits sah Mrs. Roosevelt eben nicht aus wie die Schönheitsköniginnen, die sich sonst von Madame Valentina einkleiden ließen. Trotzdem bereitete Daisy seit Wochen schon alles für den morgigen Tag vor – beispielsweise würden gegen fünf Uhr am Morgen cremefarbene Orchideen auf Eis geliefert werden, ganz frisch und strahlend schön, trotz der grauenhaften Hitze. Die Schnittrosen, die für gewöhnliche Kundinnen im Salon standen, waren – trotz beständig surrendem Ventilator – manchmal schon gegen Mittag in den Blättern etwas welk. Beim Gedanken, die Präsidentengattin in einem Salon voller schlapper Blumen zu begrüßen, war Madame Valentina schon wieder bedenklich blass geworden –, aber dann hatte Daisy ja die Idee mit dem Eiswasser gehabt. Darauf war sie durchaus etwas stolz.

»Es interessiert dich ja ohnehin nicht weiter, aber nachdem du gestern gegangen bist, ist Christopher doch noch gekommen, ziemlich viel später«, warf Katej ihr beiläufig zu und zwang Daisy, ihr luftiges Strohhütchen etwas tiefer ins Gesicht zu ziehen.

Sie bekam rote Wangen, das lag zwar vor allem an den Temperaturen, aber die Freundin brauchte es nicht zu sehen, sie würde sonst nur wieder feixen.

Christopher Flanagan war Freddys Cousin, was nicht viel bedeutete, weil sämtliche Iren New Yorks mehr oder weniger Cousins und Cousinen zu sein schienen. Aber vermutlich wegen der Verwandtschaft hatte er Freddy im Januar gefragt, ob der sich mit ihm die Miete teilen wollte, und es war ganz sicher allein die Verwandtschaft, wegen der er Freddy ständig Geld lieh. Selbst hatte er nämlich auch keines, er schrieb für ein sozialistisches Blatt regelmäßig kleine Artikel über die irische Unterschicht und Glossen für teure Magazine, und in der aktuellen Ausgabe des *New Yorker* war eine Kurzgeschichte von ihm abgedruckt. Aber weil ihm das zum Leben nicht reichte, verkaufte er zusätzlich Hotdogs am Eingang zum Central Park. Außerdem hatte er ganz blaue Augen, einen Kopf voller braun-blonder Locken, und wenn er lachte, sah man, dass sein linker Schneidezahn etwas abgebrochen war. Dafür war sein Vater verantwortlich oder vielleicht auch jemand ganz anderes – es war nicht leicht, als Ire in Manhattan aufzuwachsen. Trotzdem lachte Christopher viel oder hatte es zumindest früher getan.

Allein beim Gedanken daran verkrampfte sich Daisys Herz derart, das konnte nicht gesund sein, aber sie ging einfach schneller, und da lag es auch schon vor ihnen: Valentina Couture – immer wieder ein beeindruckender Anblick.

So schlicht, mit den bizarr arrangierten Schaufenstern, den in weißen Marmortrögen stehenden Buchsbäumchen, der schwarz-weißen Markise und der täglich auf Hochglanz polierten Messingklinke. Noch lag kein Teppich vor der Tür, und auch der Boy war vermutlich gerade dabei, den letzten Staub von seinen blauschwarzen Lackschuhen zu wischen, aber in zwei Stunden würde hier alles bereit sein.

Während sie die Tür aufschloss, fragte Daisy so beiläufig wie möglich: »Warum ist Christopher denn erst so spät gekommen? Ich habe ihn schon seit zehn Tagen nicht mehr gesehen. Ist alles in Ordnung bei ihm?«

»Was weiß ich«, entgegnete Katej mindestens genauso gleichgültig. »Ich glaube, er arbeitet für den *New Yorker* an irgendeiner Geschichte. Und er hat ein Angebot bekommen für eine Festanstellung als Journalist.«

»Das ist aber schön für ihn.« Betont geschäftig verstaute Daisy den Schlüsselbund. »Worum geht es denn in der Geschichte?«

»Ach, ich weiß nicht. Ich war ja auch schon ziemlich beschwipst. Ich kann mich nicht mehr genau erinnern ...« Katej grinste undamenhaft und ergänzte: »Er hat übrigens nach dir gefragt.«

»Ach.« Daisy drückte die Tür auf, betrat den Salon. Vollkommene Stille umfing sie, vollkommene Stille und der seltsam tröstliche Geruch nach Marmorpolitur und Rosen. Sie glaubte, ihren hektischen Herzschlag hören zu können, fasste all ihren Mut zusammen und erkundigte sich: »Was wollte er denn wissen?«

»Nur wie es dir geht, was deine Verlobung macht

und ob du schon den Umzug zurück nach Savannah planst. Ich hab gesagt, er solle dich vor dem größten Fehler deines Lebens bewahren und dich einfach entführen«, sagte Katej und kicherte. »Ich war wie gesagt schon etwas beschwipst.«

»Oh, Katej«, seufzte Daisy und bemühte sich dabei, ausreichend tadelnd zu klingen. »Wann wirst du endlich begreifen, dass das Leben kein Hollywoodfilm ist?«

»Hoffentlich nie!«, rief die Freundin ihr über die Schulter zu und lief eilig in Richtung Büro.

Daisy aber blieb im Salon stehen, atmete abermals tief ein, sie liebte den morgendlichen Geruch dieser Räume, da lag etwas Magisches in der Luft, das Versprechen, dass am Ende alles gut und schön werden würde. Ja, das glückliche Ende war zum Greifen nahe – alles, was es brauchte, war das richtige Kleid.

KAPITEL 2

W ir sind am Ende!«, flüsterte Katej, und in ihren veilchenblauen Augen glänzten Tränen. »Wir sind verloren, vollkommen verloren. Was sollen wir denn nur tun?«

In ihrer kleinen Hand schwenkte sie ein Telegramm, und Daisy hielt sich einen Finger an die rougierten Lippen, legte den Telefonhörer auf die Gabel und lächelte – das war das Mindeste, was man von einer höheren Tochter aus Savannah erwarten konnte, das Lächeln verließ sie nie. Das sah man an ihrer Mutter, das sah man an ihrer Tante – wobei die Mundwinkel der Letzteren inzwischen manchmal verdächtig zitterten.

»Was ist los?«, fragte sie, wobei sie erneut den Hörer in die Hand nahm – sie hatte noch eine ganze

Reihe von Telefonaten abzuarbeiten, aber sie kam einfach nicht voran.

Ständig musste sie daran denken, dass sie am Abend ins Ritz sollte und vermutlich einen Heiratsantrag bekommen würde, und dann war sie hochoffiziell am Ziel aller Träume einer höheren Tochter aus Savannah angelangt. Sie war Mrs. Alistair Fraser.

Aber nie wieder würde Christopher Flanagan sie dann durch das nächtliche Manhattan zu ihrer Tante nach Hause begleiten. Nie wieder würden sie den Heimweg absichtlich in die Länge ziehen, sittsam nebeneinander laufend, und nie wieder würden sich ihre Finger, ihre nackten Unterarme rein zufällig ein wenig berühren. Christophers Hände waren immer warm und von Sommersprossen überzogen, so dicht, man konnte sie für Bräune halten.

Manchmal hatten sie sich am Gartentor noch eine Zigarette geteilt, der Abschied war ihnen jedes Mal schwergefallen. Es hätte so viel zu reden gegeben, immer war der Heimweg zu kurz für all das, was sie einander erzählen mussten: von ihren Familien, die so unterschiedlich und dabei doch ähnlich waren, von ihrer Kindheit, die so gar nichts gemein hatte, von ihrem Alltag, der sich so verschieden gestaltete. Von Büchern, die sie beide bewunderten, oder auch darüber, wie es war, wenn geliebte Menschen zu viel tranken, heimlich wie ihre Tante oder ganz offen wie Christophers Vater.

Oft hatte er ihr von seinen Artikeln und sie ihm von Valentinas Kundinnen berichtet, und manchmal hatten sie über Katej und deren Herzenswirrungen gelacht. Sie waren sich einig, dass die Liebe einfach war, man musste nur den richtigen Menschen finden.

Eines konnte Christopher jedoch nie begreifen: dass Daisy keine Wahl hatte. Sie würde Mrs. Alistair Fraser werden, denn so hatten es ihre Familien seit Jahren geplant.

»Daisy!«, brüllte Katej plötzlich ziemlich hysterisch. »Wir sind erledigt, vollkommen erledigt!«

»Ja, was ist denn?« Daisy bemühte sich, sich auf die Gegenwart zu konzentrieren. »Weißt du, hier ist auch viel los. Ich versuche seit bestimmt zwanzig Minuten, die de Acosta zu erreichen, weil ihr Pyjama nicht fertig wird.«

Mercedes de Acosta war Schriftstellerin für Leinwand und Bühne. Eine Tätigkeit, die ihr ganz offensichtlich ausreichend Zeit ließ, ihren beiden wahren Leidenschaften nachzugehen: Zum einen hatte sie – Daisys Wissen nach – mit so ziemlich jeder schönen Frau Manhattans geschlafen, zum anderen liebte sie Mode.

Fast immer ganz in Schwarz, steckten ihre endlosen Beine meist in von Madame Valentina maßgeschneiderten Röhrenhosen, während sie obenrum alles Mögliche trug, solange es nur sonst keiner anziehen würde – von an die Jahrhundertwende erinnernden

Rüschenblusen über sowjetisch anmutende Herrenhemden bis hin zu Uniformjacken, die sie angeblich beim Trödler erstand. Am bemerkenswertesten war jedoch ihre Hutwahl – Daisy hatte sie schon mit einem nach Seeräubermanier gebundenen Kopftuch und einem Dreispitz gesehen, wobei ihr jedoch vor allem eine Husarenkappe, eine Kolpak, in Erinnerung geblieben war – schwarzer Pelz bei der New Yorker Hitze, das war wahre Hingabe.

Was die Hingabe zu Madame Valentina betraf, so schien diese eher nachgelassen zu haben – zwar rief sie ständig an, meist jedoch, um sich zu beschweren: weil die blaue Seide ihres Dressing Gowns angeblich Flecken auf der weißen Bluse ihrer Geliebten hinterlassen hatte, weil der Nerz am Kragen ihres Nachthemds haarte oder weil der Saum ihrer gelben Pyjamahose in der Tür einer Taxe hängen geblieben war.

»Bleib mir mit dem Gespensterschreck de Acosta bloß vom Leib. Wir haben ein wirkliches Problem. Es ist ganz, ganz furchtbar!«, rief Katej und begann tatsächlich laut zu weinen. Sturzbachartig liefen ihr die Tränen über die Wangen und hinterließen schwarze Tuscheschlieren.

Daisy seufzte, aber nur innerlich, äußerlich lächelte sie unverdrossen, und gut gelaunt reichte sie Katej ein schneeweißes Taschentuch. »Was ist denn los, Kindchen?«

Eigentlich waren Daisy und Katej fast gleich alt, doch manche Situationen verlangten einfach diese Anrede.

»Was ist passiert? Sind die Garnrollen aus Chicago noch immer nicht da? Oder ist es der russische Zobel? Macht der Zoll wieder Ärger deswegen?«

Katej schüttelte nur schluchzend den Kopf, während Daisy verzweifelt versuchte, sich ein Schreckensszenario von derartiger Scheußlichkeit auszumalen, dass es so einen Anfall gerechtfertigt hätte.

»Es ist nicht die azurfarbene Seide für das Innenfutter des Reisemantels der jungen Miss Rockefeller, oder? Sag doch, was es ist! Fuselt das Eichhörnchen für die Handschuhe von Madame Pickford?«

»Es ist schlimmer ...«, stieß Katej hervor, schnäuzte sich zu Daisys abgrundtiefem Entsetzen in den Ärmel und jammerte: »Es ist Mrs. Roosevelt. Sie kommt schon heute. Sie ist in einer halben Stunde hier.«

KAPITEL 3

Ein Klappspiegel auf dem Schreibtisch der großen Madame Schlee und darin: fünf Valentinas, von vorne, von rechts, von links, von oben, von unten. Fünfmal ihr schönes Gesicht mit den hohen Wangenknochen und der markanten, geraden Nase. Das Gesicht einer dunklen Garbo, so hatte es Mercedes de Acosta oft genannt, früher als sie noch Valentinas Zauberin, ihre dunkle Piratin und nicht nur eine Stammkundin war.

Mercedes war schuld an ihrem Anfall, daran, dass sie heute so litt, aber was nützten Schuldzuweisungen?

Wenn sie den Spiegel etwas kippte, dann spiegelten sich die fünf Valentinas immer und immer weiter. So viele, sie konnte sie nicht zählen, und doch: Sie waren nicht wirklich da.

Sie aber war da, und sie war die echte.

Sie war Valentina Schlee.

Gleich würde sie den Spiegel zusammenklappen, und dann wären die unzähligen Valentinas fort. Sie aber würde noch da sein.

Sie war hier in ihrem Atelier, in der Madison Avenue in New York. Sie legte ihre schöne, frisch manikürte Hand an den Schließmechanismus, würde gleich den Spiegel schließen, und dann würde sie lächeln und für Kundinnen Kleider entwerfen. So zauberhafte, so vollkommen schöne Kleider, Kleider, als gäbe es nichts Böses auf dieser Welt.

Traumkleider in einer Alptraumwelt.

Stalin verhandelte mit den Briten um den Frieden Europas. Es stand überall, nachzulesen in allen Blättern.

Nazi-Deutschland würde eingekreist sein.

Der Frieden würde halten.

Es würde Krieg geben.

Valentina wusste es. Sie wusste es mit dem Instinkt eines Fluchttiers.

Und jener Instinkt sagte ihr, dass Stalin auch mit Hitler verhandelte.

Stalin und Hitler, das große und das kleine Monster, sie würden Europa unter sich aufteilen wie die Mobster Chicago.

Fünf Valentinas sahen sie an, ängstlich, aber überzeugt.

Sie würde nun ihre Kundin hereinbitten. Es tat ihr leid, sie so lange warten zu lassen, nur heute war einer ihrer schlechten Tage. Schuld waren Mercedes und dieser junge Mann, dieser Christopher Flanagan.

Gut, es war ihr schon gestern schlecht gegangen, sonst wäre sie gar nicht bei Mercedes gelandet, hätte nicht versucht, sich im Spiegel ihrer Augen wiederzufinden.

Der Zauber war verflogen, längst fand Valentina in den Tiefen von Mercedes' Blick rein gar nichts mehr, und selbst das nicht für lange.

Und dann, vielleicht aus Gedankenlosigkeit, vielleicht aus rachsüchtiger Bosheit über Valentinas Kühle, hatte Mercedes ihren langen, blassen Arm über sie gelegt und den *New Yorker* vom Nachttisch geangelt.

»Schau dir den appetitlichen Bengel an, mit Bild machen sie nur, wenn es sich auch lohnt.«

Gehorsam hatte Valentina das briefmarkengroße Bild unter dem aufgeschlagenen Artikel angestarrt und den gut aussehenden Mann mit dem nachdenklichen Blick betrachtet.

»Komm, ich lese dir vor, dann wird es dir besser gehen. Die Geschichte ist gut.«

Eigentlich hatte Valentina gehen wollen, sie schlief nicht gerne in fremden Betten, selbst wenn sie ihr inzwischen so vertraut waren wie das von Mercedes. Außerdem machte sie sich nichts aus Kurzgeschichten, allerhöchstens die von Dorothy Parker, die verstand etwas von der eleganten Abscheulichkeit des Lebens.

Doch sie hatte so ein Gefühl, als würde dieser Bengel idealistische Geschichten über unglückliche Idealisten schreiben, und so war es dann auch gewesen: Junger, armer Ire verliebt sich in unerreichbare Tochter aus gutem Haus, liest Fitzgeralds *Gatsby*, trinkt zu viel, läuft denkend durch Manhattan, wobei er in modisch kurzen Sätzen allseits Bekanntes beschreibt, und Valentina war schon fast eingeschlummert, eingelullt in die hübschen Worte und in eine Beschreibung der Easter Parade.

Und da, in diesem schutzlosen Moment, da hatte ihr Fluchttierinstinkt versagt, und die Geschichte hatte sie getroffen. Kugel in den Rücken, Blattschuss.

Der Bruder des jungen Iren, erschossen in Dublin auf dem Weg zum Football während der plötzlich losbrechenden Osteraufstände. Und keiner wusste, waren es die Briten oder die irischen Rebellen selbst?

Wie sollte Valentina danach keinen schlechten Tag haben?

Nur noch einen kurzen Moment mit ihrem Spiegelbild.

Es bestand ja gar keine Gefahr.

Und was wenn doch?

Was wenn sie einfach verschwand? Einfach weg war?

So wie ihr Vater, wie ihre Mutter, wie ihre Zwillingsschwester einfach weggewesen waren.

Eben noch da und dann –

Nein, das würde nicht passieren. Sie war längst nicht mehr in der Ukraine.

Sie war in Amerika, hier wurden Träume wahr.

Sie würde nun den Spiegel schließen und die nächste Kundin hereinbitten. Wer war es nur?

Miss Garland war zuletzt bei ihr gewesen. Ein reizendes junges Ding. Valentina würde ein Gartenensemble für sie entwerfen – pastellblau, aber ein bisschen mehr ins Graue, exakt der Ton ihrer Augen sollte es sein. Dazu ein altmodisch anmutendes Kleid, das flüsterte und rauschte, gemacht wie für einen Walzer von Schostakowitsch, getanzt in den stuckschweren, kerzenflackernden Ballsälen ihrer Jugend, der Totentanz des Zarenreichs.

Sie wollte ein Kleid entwerfen für einen Wirbel zwischen Blumen, Wiesenblumen, Mohn und Löwenzahn, Lungenkraut und Klee. Und darüber nur der Himmel, stahlblau, von weißen Wolken durchzogen. Der Stoff würde rascheln, Bienen würden summen, und es würde nach Gras duften. Ob es einen Stoff gab, der sich anfühlte wie Brombeerblätter?

Valentina wiegte den Kopf etwas, und die fünf Valentinas wiegten ihn auch. Sie waren alle noch da.

Es war alles gut, und gleich würde sie die nächste Kundin hereinbitten. Sie wollte gar nicht wissen, wie lange die Ärmste nun schon gewartet hatte.

Es war schrecklich, es tat ihr auch von Herzen leid – aber was sollte sie machen?

Sie konnte doch nicht riskieren, einfach zu verschwinden. Was würde nur George sagen, wenn sie einfach weg wäre?

Ob sie ihn anrufen sollte?

Sie konnte den Spiegel ja solange offen lassen und ihn mit George in der Leitung zusammen schließen?

Nein, besser war es, ihn nicht zu belästigen.

George war in seinem Büro, spielte mit seinen Aktien, mit seinen Wertpapieren, oder vielleicht hatte er eine neue Geliebte?

Es wäre nicht schön, ihn zu erschrecken. Denn erschrecken würde er und so hässlich kalte Fischaugen bekommen, und dann würde er wieder von Ärzten anfangen, aber was würden die ihr helfen?

Sie brauchte keinen Kopfdoktor, sie brauchte einen Privatdetektiv, der sie wiederfand, wenn sie sich verlor.

Nein, das war Unsinn.

Wenn das so weiterging, würde sie wirklich noch verrückt. Verrückt war wie neurotisch, nur nicht so elegant.

Verrückt sein war furchtbar, Verrückte steckte man in sackartige Schlafanzüge, beige und aus knitterndem Stoff! Wie Gefangenenkittel, vermutlich auf der Haut scheuernd und schon nach kurzer Zeit nach Wahnsinn stinkend.

Wie sollte man da gesund werden?

Verrückte hätte man in chinesische Seide kleiden müssen, ungefärbt und ungebleicht, oder vielleicht besser in einem zarten Lavendelton?

Das Telefon, das neben dem Spiegel auf ihrem Schreibtisch stand, begann zu surren, und automatisch griff sie danach.

»Ja?«

»Madame Schlee, es tut mir ausgesprochen leid, aber Madame Roosevelt wird in wenigen Minuten bei uns eintreffen. Aufgrund einer Terminverschiebung kommt sie heute schon.«

Valentina lauschte und sagte nichts. Sie hoffte, Miss Goldenblatt würde noch ein wenig weitersprechen, sie hörte ihr gerne zu. Sie mochte den malerischen Südstaatenklang, der in reizvollem Kontrast zu ihren stets so sachlichen, nüchternen Worten stand.

Ein herrliches Mädchen, ein Mädchen wie ein Paar Glattlederpumps in Marine – man konnte sie für alles verwenden, sie ließen einen nie im Stich.

»Mrs. Roosevelt, die Gattin des Präsidenten, sie wird in wenigen Minuten da sein, Madame. Sie wollte Sie doch kennenlernen.«

Das war es, was Valentina so an ihrer kleinen Miss

Goldenblatt mochte. Sie gab ihr immer noch einmal alle Informationen, die sie brauchte.

»Ich würde sie in den gelben Salon führen, dort können Sie sie empfangen?«

Sie gab ihr alle Informationen und sagte Valentina auch gleich, was sie zu tun hatte. Dabei hatte sie erst gezögert, sie einzustellen.

George traf Miss Goldenblatts Onkel manchmal an der Wall Street, gelegentlich kippten sie wohl einen Scotch zusammen, und vermutlich teilten sie sich hin und wieder auch die Geliebten.

Dagegen hatte Valentina nichts, nur das Mädchen war ihr eigentlich ein bisschen zu hübsch gewesen. Salesladys durften nicht zu attraktiv aussehen – auf keinen Fall attraktiver als die Kundschaft –, aber dann hatte Mercedes das Mädchen in seinem schlichten Arbeitsdress gesehen und sie geradezu angefleht, ihr auch so einen grauen schmucklosen Überwurf zu nähen. Das gab den Ausschlag.

»Kommen Sie, Madame Valentina?«, drang die Stimme aus dem Hörer, und Valentina Schlee machte sich gerade, legte die Finger schon an den Schließmechanismus des Spiegels, zuckte jedoch zurück, als habe sie sich verbrannt, und mit kühler Stimme sagte sie: »Ich komme gleich. Bitten Sie Madame Roosevelt, kurz zu warten.«

KAPITEL 4

Madame Roosevelt, Mademoiselle Hickock, Madame Schlee freut sich über die Maßen, Sie hier heute willkommen zu heißen«, erklärte Daisy mit nur leicht zitternder Stimme und machte eine einladende Geste hinein in den gelben Salon.

Beim Anblick der Präsidentengattin nebst Begleitung schlug ihr das Herz hart im Hals. Sie hatte ja gewusst, sie würde kommen, aber real fühlte es sich nicht an. Ein bisschen wie bei der Feier von Christophers im *New Yorker* erscheinenden Artikel. Aufregung und prickelnde, kribbelnde Freude.

Alles war möglich. Das hier war New York.

»Madame Schlee ist leider noch in einer wichtigen Besprechung, sie wird aber gleich kommen«, versprach Katej und warf Daisy einen heimlichen Blick zu.

Sie hofften beide inständig, dass das stimmen würde.

Alles war möglich.

»Wenn Sie solange vielleicht hier Platz nehmen würden?«

Ein Blick auf Eleanor Roosevelt hatte gereicht, um Daisys scheue Ehrfurcht etwas zu mindern.

Hier stand eine Frau in ihren Fünfzigern, und Eleanor Roosevelt sah aus, wie Menschen in ihren Fünfzigern eben aussehen, wenn das Leben ihnen ihren Teil an Kummer, Freude und Liebe ins Gesicht geschleudert hatte. Sie hatte Falten und braune Flecken auf den Händen, graues Haar, und vermutlich zogen sich hervortretende Adern über die fülligen Waden – vor allem aber hatte sie das wieherndste Pferdelachen, das Daisy bisher gehört hatte, und mit diesem Lachen bedachte sie soeben die niedrigen Seidenstühlchen im gelben Salon.

So hatte zuvor noch keine Kundin auf die dekadente Zurückhaltung des Raumes reagiert – die Mischung aus schmalgliedrigen Jugendstilmöbeln, cremefarbener Tapete und doppelt übereinandergelegten Perserteppichen wirkte sonst eher imponierend.

»Haben Sie keine Sitzmöbel für Erwachsene? Wir feiern hier doch keinen Kindergeburtstag!«, fragte die First Lady und deutete noch immer prustend auf die winzige, mit honigfarbener Seide bespannte Chaiselongue. »Seien Sie so lieb und holen Sie mir einen vernünftigen Stuhl. Aus dem Ding komme ich in diesem Leben nicht mehr raus.«

Sie hatte noch gar nicht ganz ausgesprochen, da war Katej schon aus dem Raum geflitzt und kam nur wenige Augenblicke später – verhalten keuchend – mit den beiden Schreibtischstühlen wieder.

»Danke, Kindchen. Sie ersparen es mir und Miss Hickock, wie zwei Elefanten auf der Erbse balancieren zu müssen. Das ist sehr würdelos, wenn man so daran erinnert wird, dass die gesamte restliche Kundschaft nicht so viel wiegt wie man selbst«, sagte Eleanor Roosevelt und grinste. Daisy beschloss, sie zu mögen.

Sie war eine Frau, die eine Zukunft fern kolossal praktischer Hüte und Röcke in vernünftiger Länge verdiente.

Und hier war sie an der richtigen Adresse.

Valentina Schlee mochte dürr sein wie ein Streichholz und exzentrisch wie ein betrunkener Kolibri, in Modefragen machte ihr niemand etwas vor. Daisy hätte nicht sagen können, was es war, aber Valentina Schlee beherrschte den Zauber, aus jeder Frau eine Königin zu machen – alles, was sie für diesen Trick brauchte, waren tausend Dollar aufwärts.

»Dürfen wir Ihnen etwas zu trinken anbieten?«,

erkundigte sich Daisy nun und betete inständig, Madame Valentina möge endlich kommen. Das hier war kein Filmsternchen und keine reiche Erbin, das war die Frau des mächtigsten Mannes der Welt – doch Daisy beschlich langsam das Gefühl, dass Madame Valentina dieser Umstand gleichgültig war.

»Möchten Sie vielleicht einen Champagner? Oder einen grünen Tee? Einen Café Noir?«

Die beiden Frauen sahen einander an, und erst jetzt registrierte Daisy die Begleiterin der First Lady wirklich. Es hätte ihre Schwester oder Cousine sein können, denn auch sie war von eher bulliger Statur und hatte jenes durch und durch praktische Auftreten einer Hausfrau aus dem Mittleren Westen.

»Haben Sie vielleicht einen Scotch on the rocks? Zur Beruhigung meiner Nerven?«, fragte Miss Hickock unvermittelt, und Daisy musste sich sehr zusammennehmen, keinen überraschten Blick mit Katej zu teilen.

»Selbstverständlich. Ich werde Ihnen einen bringen.«

»Zwei, und nicht so knickerig einschenken«, rief die Präsidentengattin Daisy nach, während diese in Richtung Büro eilte. Dort gab es einen kleinen Eisschrank mit Derartigem, was bisher jedoch den Besuchen der de Acosta vorbehalten gewesen war.

Als sie nach einigen Augenblicken zurückkam, hatte sich die Stimmung im gelben Salon etwas gelockert, auch wenn von Madame Valentina nach wie vor jede Spur fehlte.

Mit einem offensichtlich bemühten Ausdruck von Interesse blätterte Mrs. Roosevelt in der auf dem Glastischchen liegenden Ausgabe der *TIME* und dem Leitartikel über Katharine Hepburns von Valentina Schlee entworfener Garderobe.

Es war tatsächlich Zufall, die *TIME* lag dort immer aus, aber Daisy fand es sehr passend – zumindest passender als den *New Yorker*, den Miss Hickock nun aus ihrem Seesack von einer Handtasche zog.

»Haben Sie die Kurzgeschichte in der aktuellen Ausgabe schon gelesen?«, fragte Katej natürlich sofort voll Eifer, und als Miss Hickock erklärte, die Zeitung eben erst gekauft zu haben, plapperte sie begeistert los: »Die Geschichte ist wirklich sehr gut. Ein Freund von uns hat sie geschrieben. Er ist wahnsinnig begabt. Und hübsch, schauen Sie, der Artikel ist sogar mit Foto – das machen die nur, wenn der Autor nicht aussieht wie aus der Geisterbahn.«

»Ach, daran liegt das. Ich hatte mich schon gewundert, warum unsere jungen Schriftsteller entweder Filmstar-Gesichter oder gar kein Bild haben«, entgegnete Miss Hickock mit einem an Katej vollkommen verschwendeten spöttischen Ton.

Die nickte jedenfalls nur und fuhr eifrig fort: »Er hat fast ein halbes Jahr daran gearbeitet, und die Geschichte ist wirklich gut. Ganz knappe Sätze, das macht man gerade so, wegen Hemingway. Nicht wahr, Daisy, dir hat sie doch auch gefallen, oder?«

»Ich habe sie noch nicht gelesen«, gestand sie und spürte, wie sie bei diesen Worten bis zum Scheitel errötete.

Sie hasste diese Geschichte von ganzem Herzen!

»Was?« Die Aussage überraschte ihre Freundin nun derart, dass die alle geschäftsmäßige Zurückhaltung vergaß. »Warum hast du die Geschichte noch nicht gelesen? Du liest sonst jeden seiner Sätze und kannst seine Artikel teilweise wörtlich zitieren.«

»Ich meinte doch nur, dass ich die fertige Geschichte nicht gelesen habe. Ich weiß schon, worum es geht.« Nur zu gut wusste sie das. Sie rief sich die Gegenwart ihrer Kundinnen ins Gedächtnis und wich aus: »Ich hatte viel zu tun.«

»Ja, besonders, wo du neuerdings immer mit der Taxe heimfahren musst«, zischte Katej, und einen Moment lang funkelten sie einander zornig an. Warum verstand Katej denn nicht, dass sie eine Goldenblatt aus Savannah war und deshalb keineswegs heiraten konnte, wen sie wollte? Warum hatte jeder Mitgefühl mit dem armen Iren in der Geschichte, während die junge Frau keinen rührte?

Wohl im Versuch, die Wogen etwas zu glätten, sagte Miss Hickock betont würdevoll: »Wenn ich in der Taxe lese, wird mir auch immer schlecht. Ich habe mir den *New Yorker* eigentlich wegen des Artikels über die Internationale Brigade und zum Ende des Bürgerkriegs in Spanien gekauft.«

»Der junge Mann, der die Kurzgeschichte geschrieben hat«, fuhr Katej fort, und dabei blitze sie Daisy herausfordernd aus ihren Veilchenaugen an, »der wird als Reporter nach Spanien gehen. Obwohl nicht mehr gekämpft wird, brauchen sie da unten noch immer mutige Journalisten.«

»Er wird was?«, entfuhr es Daisy, und weil ihr jetzt vollkommen egal war, wer noch zuhörte, ergänzte sie aufgebracht: »Seit wann weißt du das, und warum hast du es mir nicht gleich erzählt? Wann geht er? Ist das schon sicher?«

Und in eben diesem Moment trat Valentina in den Salon. »Bitte entschuldigen Sie meine Verspätung.«

Daisy atmete tief durch, versuchte, sich zu beruhigen. Das musste nichts bedeuten, Christopher hatte schon öfters davon gesprochen, als Journalist nach Europa zu reisen. Bestimmt hatte Katej nur etwas falsch verstanden. Hatte die Freundin nicht zuvor selbst bekannt, am gestrigen Abend reichlich beschwipst gewesen zu sein? Er konnte doch nicht so einfach nach Spanien verschwinden und sich dort am Ende noch erschießen lassen? War nicht eben erst eine Kriegsfotografin von einem Panzer überrollt worden?

Nein, das war viel zu gefährlich. Das konnte Christopher schon allein seiner Mutter nicht antun, die hatte bereits während der Osterunruhen in Dublin einen Sohn verloren, deshalb waren die Flanagans ja überhaupt erst nach Amerika ausgewandert. Und deshalb trank sein Vater.

Nein, niemals würde Christopher so etwas tun.

Sie konzentrierte sich bewusst auf etwas anderes und betrachtete die eintretende Madame Valentina. Wie schön sie aussah: elfenhaft und in einem knopflosen grauen Kleid noch zierlicher wirkend, das blauschwarz glänzende Haar zu einem hohen Knoten eingeschlagen. Mit der schmalen, blassen Hand machte sie eine entschuldigende Geste und fragte: »Womit darf ich Ihnen dienen?«

Wie auf ein Zeichen hin begannen die beiden Damen sich etwas ratlos in dem Salon umzusehen.

Daisy konnte es ihnen nachfühlen, dieser Raum war etwas ganz Besonderes – ein Hauch von altem Europa schien ihn zu durchwehen. Es war nicht klar, was dieses Gefühl erzeugte: vielleicht die gerahmten Fotografien von Paris, wobei Madame Schlees untrüglicher Geschmack selbstverständlich auf ein Bild des Eiffelturms verzichtet hatte. Das wäre entschieden zu gewöhnlich gewesen.

Vielleicht war es die tröstliche Ruhe, die hier hinter den vanillefarbenen Wänden herrschte? Die Abwesenheit einer Uhr?

Doch ihre Kundinnen schienen sich aus einem ganz anderen Grund umzusehen, und dann platzte

Miss Hickock einfach heraus: »Wir würden gerne die Kleider sehen. Wir brauchen ein Kleid für einen besonderen Anlass, und die junge Miss Kennedy hatte neulich eins von Ihnen an. So ähnlich wäre gut.«

»Nur vielleicht nicht in Pfirsich«, ergänzte die Präsidentengattin trocken, fügte dann spitzbübisch hinzu: »Ich hab's nicht so mit Obst. Ich bin wohl mehr ein Gemüsetyp.«

»Ein Gemüsetyp?«, echote Madame Schlee hilflos – Humor war an sie vollkommen verschwendet. »Sie meinen, mehr so tomatenfarben? Oder gurkengrün? Ich glaube nicht, dass ...«

»Nein, ich habe versucht, einen Scherz zu machen«, unterbrach Eleanor sie.

In einem seltsamen Ton, der vielleicht mütterlichen Tadel ausdrücken sollte, sagte Madame Schlee: »Mode ist eine ernste Sache. Ich bin kein Freund von Späßchen.«

Wieder wechselten die beiden Besucherinnen einen raschen Blick, dann sagte Madame Hickock: »Natürlich, aber wir würden jetzt gerne ein paar Modelle ansehen. Es ist für einen besonderen Anlass.«

»Oder vielleicht Strickjacken!«, warf Madame Roosevelt plötzlich lebhaft ein. »Können Sie uns ein paar hübsche Modelle zeigen? Eine gemütliche Strickjacke brauche ich schon lange. Vielleicht mit Zopfmuster und kuscheligen Ärmeln? Ich mag es, wenn sie ein bisschen länger sind.«

»Eine gemütliche Strickjacke für einen besonderen Anlass.«

Die große Schlee sah ernsthaft schockiert aus, aber gab sich einen Ruck und sagte: »Ich denke, hier liegt ein Missverständnis vor. Sie sind hier nicht bei Dior oder Chanel, dort würde man Ihnen dasselbe Kleid verkaufen, wie Miss Kennedy es irgendwann einmal trug, nur eben in Spinat, wenn Sie sich mehr gemüsig fühlen. Und Sie sind hier auch nicht bei Macy's, dort würde man Ihnen hübsche Strickjacken verkaufen, sogar aus Kunstfaser, wenn Ihnen der Sinn danach steht. In all diese Geschäfte hätten Sie gehen können, aber das haben Sie nicht getan, Sie sind zu mir gekommen. Zu Valentina Schlee, und wenn ich mich entschließe, mit Ihnen zu arbeiten, dann werde ich Ihnen bestimmt nicht dasselbe Kleid verkaufen wie der kaum volljährigen Miss Kennedy. Das Alter, die gesellschaftliche Position – ich kann mir wenig vorstellen, was mir ferner liegt, als Ihnen ein ähnliches Kleid zu verkaufen.«

»Falls Sie sich entschließen, mir ein Kleid zu verkaufen?« Eleanor Roosevelt schien zwischen lautem Gelächter und einem Wutanfall zu schwanken. »Und was muss ich tun, um mir diese Gnade zu erarbeiten? Zwanzig Pfund abnehmen?«

»Nein, in Ihrem Alter wäre ein solcher Gewichtsverlust nicht mehr vorteilhaft, Sie würden nur noch faltiger.«

Bevor die First Lady darauf etwas erwidern konnte, mischte Daisy sich ein.

Sie war dankbar, etwas sagen zu können, sich auf die Gegenwart zu konzentrieren, und so bemühte sie sich zu erklären: »Madame Valentina möchte damit nur sagen, dass Sie für eine sehr ausgewählte Kundschaft arbeitet, weil sie ihre Kundinnen exklusiv betreut. Sie hat nie mehr als zweihundert Damen in ihrer Kartei, nur so kann sie sich für jede genug Zeit nehmen und ein vollkommenes Kleid erschaffen. In Ihrem Fall beispielsweise müsste sie wissen, um was für einen Anlass es sich handelt. Ein romantisches Gespräch mit Ihrem Gatten, eine Einladung zum Dinner mit ausländischen Würdenträgern oder eine Rede? Zu welchem Thema, vor welchem Publikum? Zu welcher Jahreszeit, drinnen, draußen? Was trägt Ihre Begleitung, und ganz wichtig: Wie kommen Sie dorthin? Mit dem Wagen? Dann nichts aus Leinen, sonst sehen Sie am Ende aus, wie in ein zerknittertes Tischtuch gewickelt. Zu Fuß? Auch da gibt es viel zu beachten – beispielsweise den Untergrund, weicher Boden ist Gift für hohe Absätze. Stellen Sie sich einfach vor, Sie würden im Verlauf Ihrer Rede immer weiter im Matsch sinken.« Daisy gab ihr einen Moment Zeit, dieses gedankliche Bild ausreichend zu würdigen, dann fuhr sie fort: »Wenn Sie bei Madame Schlee Kundin sind, dann müssen Sie sich über all das keine Gedanken mehr machen. Niemand wird sich erklären können, warum Sie plötzlich zehn Jahre jünger und zwanzig Pfund leichter aussehen. Passen Sie auf, man wird Ihnen noch einen Liebhaber nachsagen.«

Wieder wechselten die beiden Damen einen raschen Blick, dann fragte Miss Hickock: »Was würden Sie der Gattin des Präsidenten denn für eine wichtige Einladung empfehlen?«

»Wer ist eingeladen? Und wann? Gibt es etwas zu essen, wenn ja, was?«

Die große Madame Schlee war aufgestanden, begann die First Lady fachmännisch von allen Seiten zu mustern, und dann passierte das Unerwartete: Valentina Schlee strahlte plötzlich.

Daisy hatte dieses jähe Aufleuchten schon öfter im Gesicht ihrer Chefin gesehen und ahnte, was diese nun sagen würde, und tatsächlich erklärte die große Schlee triumphierend: »Ich weiß, was Sie brauchen!«

Einen bangen Augenblick lang hielt Daisy den Atem an – unvergessen der Moment, in dem Madame Schlee einer Kundin erklärt hatte, sie brauche nicht noch ein Ballkleid, sie brauche einen neuen Liebhaber.

Aber nichts Derartiges geschah, stattdessen bat Madame Schlee freundlich: »Würden Sie bitte in die Umkleide gehen? Ich muss Sie nackt sehen, um mir ein Bild zu machen. Dort haben wir auch Wechselbeleuchtung, damit wir wissen, welche Farbe Ihnen bei welchem Licht am meisten schmeichelt. Es ist auch immer wichtig zu wissen, wie eine Dame ohne Unterwäsche aussieht – man kann mit Unterwäsche sehr viel bewirken. Ich gebe Madame Chanel recht, dass Kleider im freien Fall am besten wirken, aber nicht alle Damen haben die Figur unserer Coco.«

Eleanor Roosevelt fühlte sich bei der Vorstellung, sich im Schein unterschiedlicher Lampen komplett auszuziehen, offensichtlich so wohl, wie es jede andere Frau getan hätte, und zögernd sagte sie: »Können Sie sich die Kleider nicht einfach wegdenken? Selbst der Arzt erlaubt mir ...«

»Mrs. Roosevelt, dem Arzt mag Ihr linker Lungenflügel genügen, denn er beschäftigt sich nur mit der Heilung dieses winzigen Teils. Ich aber muss Sie in Gänze sehen, wenn ich Sie in meine Kundenkartei aufnehme.« Mit einer ungeduldigen Bewegung ihrer schmalen Hand deutete sie auf die geöffnete Tür zum Anprobezimmer. »Und sagen Sie mir bitte noch: Wer kommt außer Ihnen? Was ist der Anlass der Einladung?«

Eleanor Roosevelt schluckte trocken, dann musterte sie Valentina Schlees gertenschlanke Gestalt. Vielleicht dachte sie auch an all die schönen Damen, mit deren makellosen Körpern sie sich gleich in der Wechselbeleuchtung würde vergleichen lassen müssen.

Daisy wandte sich an sie und erklärte: »Machen Sie sich keine Gedanken, wir alle sind zu vollkommenem

Stillschweigen verpflichtet, und glauben Sie mir, wir haben hier schon alles gesehen.«

Ihre Worte schienen Eleanor Roosevelt zu beruhigen, sie ging in Richtung des mit Kranichen bestickten Vorhangs.

»Ich hätte da im Übrigen noch eine kleine Bitte.«

Mrs. Roosevelt, die hinter den Vorhang verschwunden war, streckte rasch den Kopf hervor, das Haar vom Umziehen durcheinander. »Welche denn?«

»Falls Sie sich das Vergnügen wechselnder Liebhaber und Liebhaberinnen gönnen, dann wäre ich Ihnen sehr verbunden, wenn Sie einem Typ treu blieben. Alles andere ist ein Alptraum für mich!« Schon beim bloßen Gedanken daran schien Madame Schlee ein eisiger Schauer den Rücken hinunterzulaufen. »Miss Goldenblatt ist meine Zeugin, bei meiner letzten Kundin musste ich ihre komplette Garderobe anpassen, weil sie sich zu ihrem rothaarigen, rundlichen Gatten einen dunkelhaarigen, hageren Polospieler auswählte. Ich musste alles in zwei Farbschemata und zwei Stoffvarianten herstellen. Wir haben Tag und Nacht gearbeitet, nicht wahr, Miss Goldenblatt?«

»Ja, ja«, bestätigte Daisy schon wieder geistesabwesend. Ihr war schlecht, und sie wäre am liebsten einfach in Tränen ausgebrochen. Spanien! Kriegsreporter in Spanien!

Das war ihre Schuld, sie wusste es.

Er ging, weil sie Alistair heiraten würde.

Aber was sollte sie denn anderes tun? Ihre Familie, Alistairs Familie – sie alle erwarteten das von ihr.

Und nun würde Christopher nach Spanien gehen.

Was sollte sie nur tun?

Doch um sie herum wurde einfach weitergeredet.

»Warum mussten Sie die komplette Garderobe dieser Kundin umstellen?«, fragte Miss Hickock, und Valentina erklärte in bewusst geduldigem Ton: »Nun, eine elegante Frau kann neben einem dicklichen Rotschopf unmöglich dieselben Kleider tragen wie neben einem hageren Dunklen. Das geht einfach nicht.«

Darauf fiel Miss Hickock offensichtlich nichts mehr ein, aber es war auch nicht weiter nötig, denn in diesem Moment raschelte der Vorhang, und heraus trat Eleanor Roosevelt, nackt, wie Gott sie schuf.

KAPITEL 5

In Deutschland verschwinden täglich Juden. Sie stecken sie in irgendwelche Arbeitslager«, erklärte Katej und rougierte sich dabei die Wangen nach. Wenn sie nicht gerade mit Freddy oder Mick ausging, schlief sie manchmal mit einem Hans. Eigentlich ein guter Tänzer, ein passabler Liebhaber und außerdem zweiter Mixer in der Monkey Bar – Katej hätte ihm durchaus das Potenzial für einen festen Freund attestiert, nur leider hatte er es so mit der Politik. Vor allem mit der Deutschen. Er kam nämlich aus Köln.

Obwohl Katej sich gerne als Kommunistin bezeichnete und ein Bildchen von dem ach so seelenvoll dreinblickenden Genossen Stalin im Portemonnaie herumschleppte, war ihr die Politik bei Hans doch sehr lästig, denn – wie sie gerne festhielt – es gab doch Erotischeres als verprügelte Kommunisten.

Jetzt aber glänzte sie sehr zufrieden mit ihrem Wissen, denn Eleanor Roosevelt hatte zwar nicht sagen können, wofür sie das besondere Kleid benötigte, aber es doch angedeutet: für ein Treffen mit einem wichtigen Nazi-Gegner, der sich der Organisation eines innerdeutschen Widerstands verschrieben hatte.

»Sicher auch so einer, der noch in Unterhosen über Hitler redet. Das ist der reinste Fetisch, im Ernst. Was würde Freddy denn von mir denken, wenn ich im Schlafzimmer von Eleanor Roosevelt anfange?«

»Was weiß denn ich?«

Daisy zuckte genervt die Schultern.

Sie hatte einen entfernten Onkel, der in Wien eine Arztpraxis betrieb. Vergangene Weihnachten hatte er, wie jedes Jahr, geschrieben und dabei durchaus lobende Worte für die neue deutsche Regierung Österreichs gefunden. Katej würde nun natürlich einwenden, dass er aufgrund der allgegenwärtigen Unterdrückung und Zensur auch kaum anderes hätte zu Papier bringen können, aber Daisy für ihren Teil meinte, in diesem Fall hätte er die ganze Politik auch einfach überhaupt nicht zu erwähnen brauchen.

Daisy jedenfalls interessierte sich im Moment ausschließlich für den Spanischen Bürgerkrieg.

Unwirsch fragte sie: »Bist du bald fertig? Wir haben nicht endlos Pause, und wenn du dir noch mehr

Rot auf die Backen schmierst, denkt man, du hättest einen Sonnenstich.«

»Sei nicht so ungeduldig. Ich lade dich auch auf einen Hotdog im Central Park ein, beim Hotdog-Verkäufer unseres Vertrauens.«

Wieder grinste Katej, doch dann strich sie sich ein letztes Mal mit dem Puderpinsel über die Wangen und war zufrieden. »Meinst du, die Hickock und die Roosevelt haben was miteinander? Ich glaube schon.«

Daisy zuckte abermals die Schultern. Das war ihr im Moment alles so absolut und vollkommen egal. Entschlossen drückte sie der Freundin ihr Handtäschchen in die Arme und fragte ohne weitere Überleitung: »Wann geht Christopher nach Spanien? Ist das schon sicher?«

»Ich weiß es auch erst seit gestern Abend«, gestand Katej bedrückt. »Und ich durfte es dir eigentlich nicht erzählen, er will es dir selbst sagen.«

»Wann denn?«, fauchte Daisy. »Wenn er sich eingeschifft hat? Oder plant er, mir eine Ansichtskarte aus Madrid zu schicken? Seit zehn Tagen hatte ich nicht das Vergnügen seiner geschätzten Gegenwart!«

»Ach, Daisy«, seufzte Katej. »Willst du mir nicht vielleicht sagen, was das zwischen euch ist? Ich meine, ich bin deine beste Freundin, und auch wenn du es vielleicht nicht glaubst, mir ist durchaus aufgefallen, dass ihr für den Heimweg inzwischen bald mehr

Zeit einplant als fürs Tanzen. Wenn du meinen Rat hören willst, heirate ihn. Er ist einer von den Guten. Also, was ist los?«

»Ich weiß es doch selbst nicht«, bekannte Daisy, und während sie sich in den endlosen Strom schwitzender Mittagspäusler auf dem Weg zum Central Park eingliederten, fuhr sie fort: »Du hast den *Gatsby* nie gelesen, aber der zentrale Satz des Romans lautet: *Rich Girls never marry poor guys*. Und deshalb werde ich, wenn mich Alistair heute Abend fragt, ob ich ihn heiraten will, mit Ja antworten.«

»Und warum?«

»Ist das nicht offensichtlich? Er ist ein Fraser. Unsere Familien erwarten das einfach.«

Daisy versuchte ein gefasst fröhliches Lächeln. Es war schwer zu verstehen, wenn man nicht in dieser Welt aufgewachsen war. Einer Welt, in der man Dinge tat und andere eben nicht tat – und wenn doch, dann heimlich. Ihre Tante kam ihr in den Sinn, die ewig vollen Likörflaschen und die häufigen Magenverstimmungen. Es war eine Welt des Scheins und des Wegsehens, aber es war auch die Welt, in die Daisy hineingeboren war. Und sie hatte eine ungeheure Angst davor, ihrer Heimat den Rücken zu kehren.

»Deine Familie sitzt in Savannah. Das ist weit. Schreib ihnen einen netten Brief, sie sollen den Ödling selbst heiraten. Du stirbst bei dem doch vor Langeweile.«

Daisy zuckte die Schultern. Sie wagte nicht aufzusehen. Sie wusste, dass Katej vermutlich recht hatte.

»Außerdem – was willst du in dem Provinznest? Von hier will doch keiner mehr weg!« Strahlend breitete Katej die Arme aus, als wollte sie die ganze Stadt in einer überschwänglichen Umarmung einschließen. »Du hast eine sichere Stelle bei Valentina Couture, du brauchst keinen Alistair Fraser, der dich ernährt. Du kannst für dich selbst sorgen.«

Daisy machte eine vage Geste mit dem Kopf. Konnte sie das?

»Meine Tante wirft mich hochkant raus, wenn ich das mit der Hochzeit vergeige«, wandte Daisy ein und dachte an das Schmuckstück von einem Haus, das ihre Tante Melanie ihr Eigen nannte.

Schon der Garten war ein Traum. Rosen sah man in Brooklyn eher selten, der Boden war nicht geeignet, doch im Garten ihrer Tante wuchsen sie üppig. Sie hatte sich die Erde dafür eigens aus England kommen lassen, eine ihrer kostspieligen Extravaganzen, mit denen sie sich für die stetig wechselnden Sekretärinnen ihres Gatten entschädigte. Und sonst blieb immer noch die Likörflasche.

Tante Melanie gehörte nicht zu den Frauen, die einen Skandal auslösten. Und sie würde auch die Folgen eines Skandals in Daisys Leben nicht ertragen. Was, wenn die Eltern am Ende gar der Tante die Schuld gaben?

»Dann zieh ins Wohnheim oder such dir irgendwo sonst was. Heirate am besten Christopher, dann kannst du mit ihm in dem Zimmer über dem Italiener wohnen, und Freddy sucht sich was Neues, das ist doch alles nicht so wild.« Katej schüttelte einige Male ziemlich ungehalten den Kopf. »Und deine Familie kriegt sich schon wieder ein. Selbst wenn nicht, die können dir doch nichts. Du verdienst bei Madame eigenes Geld.«

»Ich mag die Arbeit bei Madame gern«, sagte Daisy, eigentlich nur um nicht die ganze Zeit zu schweigen. »Ich finde es schön, wie Madame versucht, für jede Kundin das perfekte Kleid zu entwerfen. Sie macht aus jeder Frau eine Königin.«

»Na, im Ernst, die meisten ihrer Kundinnen sähen auch in einem Kartoffelsack noch toll aus. Und nur so unter uns, zwei ihrer Kundinnen sind auch noch nackt Monarchinnen.«

Darüber kicherten sie beide, dankbar etwas zum Lachen gefunden zu haben, dabei war Daisy immer noch nach heulen. Dazu die drückende Hitze.

Obwohl gefühlt kein Lüftchen ging, schien der köstliche Duft von gebratenen Zwiebeln und in Fett brutzelnden Würsten bereits zu ihnen herüberzuwehen.

»Hab ich dir mal erzählt, was Madame Schlee von Hotdogs hält?«, wechselte Katej unvermittelt das Thema. »Sie hat mir dazu mal einen richtigen Vortrag gehalten.«

»Ich war dabei.«

Madame Valentinas Ansicht nach war keine schöne Frau dieser Welt jemals dabei gesehen worden, wie sie im Gehen eine Wurst im Brötchen gegessen hatte. Durch die vielen in eine Richtung strömenden Menschen tauchte der kleine, von einer grün-weißen Markise überspannte Hotdog-Stand sehr plötzlich vor ihnen auf. Die Schlange davor war – wie immer um diese Zeit – beachtlich. Christopher war nicht zu sehen, solche Horden drängelten sich davor.

Daisy schluckte trocken, ihr Herz hämmerte ihr heftig im Hals, dann sagte sie: »Komm, wir lassen das Mittagessen ausfallen.« Sie warf der Freundin einen flehenden Blick zu, überlegte fieberhaft, was sie als Argument vorbringen könnte. »Das passt doch eh nicht zu deiner Mae West-Diät, und es ist so voll. Bis wir drankommen, müssen wir ja schon wieder ins Geschäft.«

Sie wollte Christopher gar nicht sehen.

Eigentlich wollte sie ihn nie wieder sehen – und wenn sie ganz ehrlich war, hatte sie ihm das vor zehn Tagen auch genau so gesagt. Aber sie war eben wütend gewesen, so grauenhaft wütend. Wegen dieser Geschichte im *New Yorker* hätte sie vor Wut platzen können, konnte sie eigentlich immer noch. Warum verstand denn niemand, dass nicht nur der arme Ire Mitleid verdiente? Machte sich denn niemand klar, dass auch das Mädchen aus gutem Hause zu bedauern war? Vielleicht wollte das Mädchen einfach seine Familie stolz machen? Vielleicht hatte sie einfach Angst vor dem Ungewissen, vor dem Bruch mit den Sicherheiten und allem, was sie kannte? Machte sie das zu einem schlechten Menschen? Oder nur zu einem schwachen? Das Leben war eben kein Hollywoodfilm.

Daisy hatte versucht, es Christopher zu erklären, aber er hatte nicht verstehen wollen. Mit seinen langen Beinen hatte er große Schritte neben ihr her gemacht und war in bockiges Schweigen verfallen. Erst als sie schon an die Ecke zur Straße ihrer Tante gelangten, war er abrupt stehen geblieben, hatte sie an beiden Händen gefasst.

»Es tut mir leid«, hatte er gesagt. »Es tut mir leid, dass sich die Dinge so entwickelt haben. Ich wollte das nicht.«

Und dann hatte er sie geküsst. Oder sie ihn?

»Ich glaube du hast recht, es ist zu voll«, riss Katej sie aus ihren Gedanken und hinein in die Wirklichkeit aus drückender Hitze, langer Warteschlange und Hotdog-Dunst. Mit raschen Schritten lief die Freundin an dem Stand vorbei, direkt in Richtung des Eingangs zum Central Park. Daisy musste sich anstrengen, Schritt zu halten.

So sehr, dass sie gar nicht gucken konnte, ob es Christopher war, der da heute Hotdogs verkaufte.

»Du kannst aufhören, stur geradeaus zu glotzen. Er ist nicht da«, sagte Katej und lachte. »Sonst hätte ich auch nie auf mein heißes Würstchen verzichtet. So weit kommt's noch.«

Daisy seufzte und blieb einen Moment lang im Eingangstor stehen, die Schnittstelle zwischen zwei Welten. Konnte es einen schöneren, einen verrückteren Platz geben als dieses riesenhafte Stück grüner Ruhe inmitten der New Yorker Hektik?

Noch war Manhattan laut, doch mit jedem Schritt tiefer hinein in den Park verstummten Motorengeheul und Straßenlärm, man konnte plötzlich die Vögel hören. Hier gab es sogar Eichhörnchen – allerdings nicht mehr so viele wie vor der Wirtschaftskrise, während der die kleinen Nager von so manchem Arbeitslosen gefangen und als Braten verkauft worden waren.

»Schau nur! So ein Glück«, rief Katej plötzlich aus und stürmte wild los, auf ein freies gusseisernes Bänkchen voller schnörkeliger Verzierungen zu. Auch zwei Anzugträger schienen sie erspäht zu haben, sie schritten auf einmal sehr schnell und doch betont desinteressiert darauf zu.

Und so tat Daisy, was man als Tochter eines Senators und der schönsten Debütantin des Jahres 1921 in einer solchen Situation eben tat: Sie stieß einen spitzen Schrei aus, hielt sich mit der Rechten die Stirn und machte einen taumelnden Schritt seitwärts.

Die Männer hielten einen Moment im Laufen inne, das gab den Ausschlag.

Einen sehr undamenhaften Jubelschrei auf den Lippen, ließ Katej sich auf das Bänkchen fallen.

»Meiner Freundin ist nicht wohl. Sie muss sich setzen«, erklärte sie den beiden verärgert aussehenden Herren.

»Genau«, ergänzte Daisy, klang dabei aber mindestens so triumphierend, wie sie sich fühlte. Und nachdem die Männer unter gleichermaßen unfreundlichen wie betont gleichgültigen Blicken weitergegangen waren, tadelte sie Katej: »Aus dir wird nie eine Dame!«, aber es klang eher anerkennend.

»Du tust auch nur so, wenn es dir gerade in den Kram passt«, sagte Katej lachend und streckte genussvoll ihre braun gebrannten Beine von sich. »Sag mal, meinst du, die Schlee hat überhaupt begriffen, dass Eleanor Roosevelt die Gattin des Präsidenten ist? Ich meine, sie hat tatsächlich auf die Umkleidekabine bestanden. Bei der Gattin des mächtigsten Mannes der Welt.«

»Wenn du mich fragst, ist das mit der Umkleide pure Berechnung. Damit macht sie sich die Damen gefügig. Wenn dich jemand mal nackt gesehen hat, du ihn aber nicht, das schafft ein Machtgefälle.«

Das war ungefähr so, als hätte man einen jungen Mann auf offener Straße geküsst, woraufhin dieser sich losmachte und einem mitteilte, dass man das in seiner Gesellschaftsschicht nicht tat: die Bräute anderer Männer küssen.

Daisy seufzte, während Katej an ihrer Isolierkanne herumschraubte und laut vor sich hin grübelte: »Nein, nein, so denkt die Schlee nicht. Dafür ist sie viel zu sehr Künstlerin und viel zu wenig Geschäftsfrau. Sie brauchte die Damen nackt, weil sie sie vollkommen schutzlos brauchte, denn nur so kann sie ihnen die vollkommene Rüstung anpassen. Vielleicht guckt sie sie aber auch einfach gern an?«

Darüber mussten sie beide ein bisschen kichern, und nachdem Katej ihr einen Emaillebecher voll lauwarmem Zitronenwasser gereicht hatte, fuhr sie fort: »Heute Nachmittag kommt die Acosta, was die wohl wieder will?«

»Meckern, was sonst?«

»Sowieso, aber sie bringt jemanden mit. Eine Freundin, die Madame Schlee unbedingt kennenlernen soll. Schrecklich wichtig hat sie sich am Telefon mit dieser sagenhaft berühmten Freundin gemacht.«

»Also die Acosta, die werde ich in Savannah ganz sicher nicht vermissen!«, stellte Daisy mit Überzeugung fest – wenn sie auch sonst alles vermissen würde.

Besonders Katej.

Und den Central Park.

Und die gemeinsame Mittagspause. Selbst das lauwarme Zitronenwasser würde ihr fehlen.

Die Freundin schien ihre Gedanken zu lesen, sanft griff sie nach Daisys Hand, drückte sie einen Moment: »Du könntest zu mir ins Wohnheim ziehen. Da wird ständig was frei. Die eine wird für den Broadway entdeckt, die andere heiratet ...«

»Die Nächste springt vor die Subway«, ergänzte Daisy bitter. »Nein, im Ernst. Der Skandal wäre zu groß, meine Familie könnte sich nirgends mehr blicken lassen, und meine Tante würde vermutlich von einer Lawine aus leeren Likörflaschen erschlagen. Das kann ich nicht verantworten. Außerdem ist Alistair ein netter Mensch, es wird bestimmt nicht so schlimm.«

»Nicht so schlimm?« Katej schüttelte einige Male den Kopf. »Süße, du redest von deiner Zukunft, nicht von einer anstehenden Wurzelkanalbehandlung.«

»Wurzelkanalbehandlung?«, versuchte Daisy, das Thema zu wechseln. Es nützte ja alles nichts, und so sagte sie: »Jetzt hast du dich verraten. Du hast dich doch bei dem Zahnarzt gemeldet, den wir neulich auf Coney Island getroffen haben!«

»Wie hätte ich widerstehen sollen? Ich meine, du hast ihn doch auch im Schwimmzeug gesehen!« Ihr Vesper in der Tasche verstauend, grinste Katej wie eine Katze vor dem Sahneteller. »Komm, genug gescherzt, wir müssen zurück. Ich bin jetzt schon froh, wenn die de Acosta wieder weg ist. Sie meinte, diese Freundin sei eine potenzielle neue Kundin. Dabei dachte ich, Madame nimmt niemand Neues mehr? Sie hat doch nie mehr als zweihundert Kundinnen zur selben Zeit.«

»Neulich ist eine von den Vanderbilts gestorben«, wandte Daisy ein, korrigierte sich dann jedoch selbst: »Also eigentlich besetzt den Platz ja Mrs. Roosevelt. Na, vielleicht plant die de Acosta ja einen Mord? Das wäre mal ein originelles Motiv.«

Wie Daisy diese albernen kleinen Gespräche fehlen würden! In Savannah hatte sie nie eine solche Freundin gehabt.

»Schreib das mal an Agatha Christie! Kommst du eigentlich heute Abend in den Book Club? *Mord im Orientexpress* ist das Thema.«

Der Harlem Book Circle war eine Institution: Er hatte seinen Anfang mit dem Ende der Prohibition genommen, als der ehemalige Schwarzbrenner Mario Crossini ein Badehaus eröffnet hatte, das erste seiner Art im ganzen Stadtteil.

Es war ein voller Erfolg, vielleicht auch weil die Werbeplakate Marios Geliebte dabei zeigten, wie sie sich sehr hingebungsvoll ein neckisch aus dem Schaumberg ragendes Bein einseifte, und bestimmt weil er sich auf einer mannshohen Werbetafel dazu verpflichtete, das Wasser spätestens nach jedem dritten Bad zu wechseln. Da er jedoch nach Minuten abrechnete, war ihm folglich daran gelegen, die Badedauer pro Person möglichst in die Länge zu ziehen: Das war die Geburtsstunde des Harlem Book Circle. Wer las, vergaß die Zeit, und so stellte der stets geschäftstüchtige Mario seiner Kundschaft bald eine erlesene Auswahl an Spannungslektüre und Zeitungen zur Verfügung. Es dauerte noch drei Jahre, bis seine inzwischen zu Mrs. Crossini aufgestiegene Geliebte im Nachbarhaus ein Restaurant eröffnete, und keine drei weiteren Wochen, bis sich dort an jedem dritten Montag im Monat die Leser der Nachbarschaft trafen. Die Harlem Renaissance mit ihren mutigen Gedanken hatte ihren Höhepunkt schon überschritten, doch im Harlem Book Circle wurde noch immer mutig und ohne jeden Blick auf die Hautfarbe gedichtet.

»Ich weiß nicht, vielleicht.« Daisy zuckte unsicher die Schultern. »Ich muss ja eigentlich ins Ritz zum Essen. Was meinst du, was soll ich anziehen? Sollen wir nach Feierabend noch schnell zu Macy's gehen und etwas kaufen? Ich dachte an das Blaugestreifte, das ich Freitag anprobiert habe.«

Statt einer Antwort richtete Katej sich stocksteif auf, und mit einer treffenden Imitation von Madame Schlees rauchigem Bariton erklärte sie: »Kindchen, du brauchst kein neues Blaugestreiftes, du brauchst einen neuen Verlobten.«

KAPITEL 6

Die de Acosta verspätete sich.

Das hatte Daisy geahnt, sie überprüfte diesen Umstand aber trotzdem alle paar Minuten mittels eines diskreten Blicks auf ihre kleine silberne Uhr.

Sie hatte sie abgemacht und heimlich in die oberste Schublade ihres Empfangstresens gelegt. Madame Schlee hasste sämtliche Formen von Zeitmessern, das Ticken machte sie ganz krank, weshalb das Tragen von Uhren in den Räumlichkeiten von Valentina Couture auch für alle, von der Kundin bis zur Reinigungsfrau, verboten war. Allerdings war das Führen eines Terminbuchs ohne Uhr schlicht nicht möglich, darauf hatte Daisys Vorgängerin sie schon dezent hingewiesen.

Mochte Valentina in einer zeitlosen Welt schweben, Daisy wusste genau, dass es inzwischen bereits fünfzehn Uhr siebzehn war – was ausgesprochen ärgerlich war, denn um sechzehn Uhr würde schon als letzte Kundin Joan Crawford zur finalen Anprobe ihres Kleides für die Premiere von *Die Frauen* kommen.

Voller wütender Ungeduld begann Daisy auf der Stelle zu trippeln. Und dann war ja auch noch die Frage, wen um alles in der Welt die de Acosta mitbringen würde.

Was, wenn es jemand vollkommen Unpassendes war? Ein Revuegirl oder irgendeine drittklassige Schauspielerin?

Bei den Bekannten der de Acosta wusste man nie.

Einmal, zwei Tage vor der Easter Parade, hatte Daisy Valentina zu einer Heimanprobe bei der de Acosta begleitet.

Heimanproben machten sie nur selten und eigentlich nur bei älteren oder schwer kranken Kundinnen.

Umgeben von Kunstschätzen und aus der Mode gekommenen Bildern steckte Madame Valentina ab, neue Hauskleider, Nachthemden mit passenden Morgenröcken und oft, ganz zum Schluss, ein bequemes Reisekleid. Hier musste Madame Schlee niemals die Lippen ungehalten zusammenpressen, aber manchmal glänzten auf der Rückfahrt Tränen in den Augen der sonst so kalten Valentina.

Doch beim Hausbesuch bei der de Acosta war alles anders gewesen. Zunächst war er spontan in Daisys Mittagspause anberaumt worden, ihre Taxe hatte vor einem der vom Verkehr umbrausten Wohntürmen unweit des Rockefeller Centers gehalten. Der Liftboy hatte Kaugummi gekaut und in einem bunten Heft mit Cowboys auf dem Cover geschmökert. Nur sehr widerwillig hatte er diese faszinierende Lektüre unterbrochen, um sie ins Penthouse zu befördern. Dort war die Tür von einem blonden Geschöpf aufgerissen worden, dauerwellig und nackt unter einem unordentlich geknoteten Seidenkimono.

Und die Wohnung selbst erst!

Chaotisch, wie sich Daisy die Requisite eines drittklassigen Theaters vorstellte. Auf dem dick mit Perserteppichen belegten Boden hatten sich alle Arten von Büchern zu schwankenden Türmen gestapelt. In Leder gebundene Folianten unter Taschenbüchern und mit Schnur zusammengehaltenen Theaterprogrammen, die französische *Vogue* und Berge von ausländischen Tageszeitungen. Die Wände übervoll mit Bildern und Fotografien, dazwischen eine ausgestopfte Giraffe, unzählige leere Champagnerflaschen, benutzte Gläser, Aschenbecher aus Elfenbein, und in der Mitte eine Chaiselongue, über deren fleckigen, brandlöchrigen Seidenstoff jemand ein Tigerfell geworfen hatte. Und darauf schlafend: die de Acosta! Nackt bis auf ein einzelnes goldenes Pantöffelchen.

Das Quietschen von Reifen eines vor dem Laden haltenden Automobils riss Daisy aus ihren Gedanken, nur Augenblicke später wurde die Ladentür schwungvoll aufgestoßen, und dann war sie da.

Mit nur knapp einer halben Stunde Verspätung stürmte die de Acosta in den Laden, die endlosen Beine in schwarzen Röhrenhosen, darüber eine flatternde Seidenbluse in einem leuchtenden Bordeaux, im selben Farbton auch die Lippen und Nägel.

»Salut!«, rief sie und hielt die Tür für ihre geheimnisvolle Begleiterin auf.

»Ah, Daisy, mein schönes Kind! Wie geht es dir? Hast du die alte Eiskönigin noch immer nicht satt? Warum versuchst du dein Glück nicht auf der Bühne oder besser noch auf der Leinwand? Die Kamera wird deinen Pfirsichteint lieben! Was hältst du davon, wen wir mal zusammen essen gehen und dein Debüt planen? Ich schreibe dir ein Stück auf den Leib. Und ich kenne einen ganz vorzüglichen Chinesen, gar nicht weit von hier. Du kannst nicht behaupten, du hättest schon mal Frühlingsrolle gegessen, wenn du da noch nicht warst!«

Daisy bemühte sich um einen Gesichtsausdruck, der sowohl höfliches Desinteresse als auch freundliches Willkommen ausdrückte. Vermutlich gelang es ihr nicht ganz, denn die de Acosta warf ihr einen fragenden Blick zu.

»Hast du Bauchschmerzen? Auch egal, muss ja

nicht der Chinese sein, am besten, wir machen es uns bei mir gemütlich und lassen uns einfach vom Feinkostladen etwas liefern.«

Und während dieses unentwegten Redestroms passierte zweierlei: Zunächst einmal kam Madame Valentina in den Empfangsraum, vermutlich angelockt durch das laute Getöse und Spektakel, gleichzeitig aber betrat jene mysteriöse Freundin das Geschäft.

Als wollte sie die Spannung um ihre Person noch künstlich steigern, hatte sie ihren schlanken, hochgewachsenen Körper fast vollständig in einen den sommerlichen Temperaturen spottenden Trench gewickelt und ihre Haare unter einem Seidenschal verborgen. Ihr Gesicht aber verdeckte sie bis auf die blassen Lippen mit einer übergroßen dunklen Sonnenbrille. Diese wollte sie gerade abnehmen, als Madame Valentina aufschrie.

Es war nur ein kurzer Schrei, doch erfüllt von solch abgrundtiefer Panik, von solch grenzenlosem Schmerz, dass Daisy ihn nie wieder vergessen würde. Valentina Schlee drehte sich um, schien fortlaufen zu wollen, doch ihre Beine gehorchten ihr nicht länger. Taumelnd machte sie einige unbeholfene Schritte, brach dann über der Chaiselongue zusammen und blieb dort bewusstlos liegen.

KAPITEL 7

I st sie fort?«

Das waren die ersten Worte der Valentina Schlee, nachdem sie aus ihrer Ohnmacht erwachte. Sie richtete sich hektisch auf und sah forschend in Daisys Gesicht. »Sie haben sie auch gesehen? Meine Schwester?«

»Wen, Madama Schlee?«, fragte Daisy zögernd und lauschte mit einem Ohr in den Empfangsraum, doch von dort war nichts mehr zu hören. Offensichtlich war es Katej endlich gelungen, nicht nur die de Acosta nebst unbekannter Begleitung loszuwerden, sondern auch die aufgeregt schnatternden Näherinnen wieder an die Arbeit zu treiben.

Valentina, die in Ermangelung eines Sofas außerhalb des Blickfelds neugieriger Augen auf dem Teppich ihres Arbeitszimmers lag, sank kraftlos zurück.

Winzig und schmal wie ein Kind kam sie Daisy vor. Die dürren Arme um die Brust geschlungen, flüsterte die große Madame Schlee: »Geben Sie mir das Bild, ich bitte Sie.«

Daisy war einen Moment lang verwirrt, dann jedoch verstand sie und holte vom Schreibtisch die silbergerahmte Fotografie von George Schlee.

»Nein, nicht das. In der obersten Schublade.«

Noch nie hatte Daisy den eleganten Kirschholzschreibtisch auch nur berührt, aber nun zog sie an einem kleinen Messingring und starrte in das sehr übersichtliche Innere der Schublade.

Ein seltsamer, nicht recht nach Manhattan passender Geruch nach schwarzem Tee, Kiefernadeln und etwas Fremden entstieg dem Holz, vermutlich kam er aus dem violetten, sorgsam mit Blumen bestickten Säckchen, das neben zwei Bildern den gesamten Inhalt darstellte.

Das eine war die gold umflorte, ikonisch anmutende Fotografie des letzten Zaren, das andere eine verknitterte, speckige Buntstiftskizze.

Sechsmal dieselbe Ansicht eines neogotischen Schlosses, an einem Steilhang zum Meer gebaut, mit spitzen kleinen Türmchen über dem Wasser thronend, mal war es von Morgenröte und Zuckerwattewölkchen verkitscht, mal hob es sich wie ein

Spukschloss vor einem von Blitzen durchzuckten Gewitterhimmel ab. Vermutlich hatte der Künstler nicht alle Farben zur Hand gehabt, denn sowohl Grün als auch Gelbtöne fehlten vollkommen. Eine siebte Ansicht war ausgekreuzt, mit etwas Russischem überschmiert.

Und doch wusste Daisy sofort, dass es dieses Bild war, das Valentina nun so verzweifelt sehen wollte.

Gerade weil es offensichtlich wertlos war, musste es ihr viel bedeuten – so viel, dass sie darin neue Kraft und Zuversicht zu finden hoffte, mehr als in der Fotografie ihres Gatten.

Stumm reichte Daisy ihr das knittrige Papier, und tatsächlich schienen Valentinas Lebensgeister bei diesem Anblick zurückzukommen. Etwas ungewohnt Sanftes legte sich über ihre Züge, und mit der Spitze ihres Zeigefingers fuhr sie andächtig, zärtlich fast, die verblichenen Linien nach.

Ruckartig richtete sie sich erneut auf und fragte: »Aber da war doch eine zweite Frau, nicht wahr? Madame de Acosta und eine weitere Dame? In einem Trenchcoat, mit einem Hermès-Seidenschal um das Haar?«

»Ja, natürlich. Madame de Acosta wollte Sie doch ihrer Freundin vorstellen. Eine potenzielle Kundin, erinnern Sie sich?« Daisy nickte auffordernd, fragte dann: »Sollen wir nach einem Arzt schicken, Madame?«

»Nein, das wird nicht nötig sein.«

Mit leichtem Zögern, doch entschlossen reichte sie Daisy das Bild zurück, entnahm dann einer fast unsichtbaren Seitentasche ihres Kleides einen winzigen flachen Spiegel und überprüfte darin kritisch ihr Gesicht. Ohne sich von ihrer Spiegelung abzuwenden, wiederholte sie: »Nein, nein, keinen Arzt. Ich glaube, ich habe einfach zu wenig gegessen. Dazu die Hitze. Ich werde mich für den Rest des Tages zurückziehen und ausruhen.«

Daisy blickte unglücklich auf den Saum ihres Kleides, sie rang mit sich. Einerseits war die große Madame Schlee ganz eindeutig angeschlagen, anderseits erwarteten sie noch eine wichtige Kundin.

Zögernd gab sie zu bedenken: »Da haben Sie bestimmt recht, nur Miss Crawford dürfte jeden Moment für die finale Anprobe ihres Kleids erscheinen. Wir können den Termin nicht verschieben, sie braucht es am Mittwoch, da hat *Die Frauen* Premiere, und morgen kann Miss Crawford nicht kommen, morgen kommt Madame Shearer.«

Für die Gehässigkeiten zwischen Joan Crawford und Norma Shearer war *Die Frauen* bereits vor seiner Premiere legendär. Von einem über Crawfords Textheft verschütteten Glas Champagner bis hin zu einer während Shearers Proben absichtlich laut mit Stricknadeln klappernden Crawford erzählte man sich so allerlei Geschichten, und doch war das alles nichts im Vergleich zu dem Kampf, den die beiden Diven sich bei Valentina Couture lieferten.

»Sie erinnern sich, Madame Schlee, was geschehen ist, als die beiden sich das letzte Mal hier getroffen haben?«

Es war Anfang des Jahres gewesen, Daisy noch nicht so erfahren mit dem Terminbuch, und dann war die Crawford darüber hinaus zu früh aufgetaucht, und so war es eben passiert: Im Verkaufsraum waren die beiden Göttinnen einander begegnet, und zunächst hatte es so gewirkt, als würden sie sich wie zwei Damen benehmen.

Vor dem Laden allerdings weigerte sich Norma Shearer, in die noch von der Crawford stammende Taxe zu steigen, wenig vornehm hatte sie dem verdutzten Chauffeur mitgeteilt, sie würde sich niemals auf einem von Crawfords Arsch vorgeheiztem Sitz niederlassen.

Im Laden war inzwischen die Hölle ausgebrochen, denn Miss Crawford wollte unbedingt von Daisy wissen, was Madame Shearer hatte anfertigen lassen – eine Information, die Daisy ihr selbstverständlich nicht geben durfte, vollkommene Diskretion war einer von Valentina Schlees Geschäftsgrundsätzen. Doch Joan Crawford wollte das partout nicht einsehen, fünfzig Dollar war sie bereit, Daisy für einen Hinweis zu geben.

Und gerade, als es Madame gelungen war, sie zu

besänftigen, in dem sie ihr ein tausendmal schöneres Kleid versprach, kam Katej herein und meinte, die Shearer sei am Telefon, sie würde jeden Preis zahlen, wenn sie dafür das Kleid der Crawford bekäme.

»Ja, ich erinnere mich.«

Der Ausdruck von Unbehagen auf Valentinas Gesicht ließ vermuten, dass auch sie sich die Bilder in Erinnerung rief.

»Warum laden wir Madame Crawford dann nicht im Laufe des Mittwochs ein? Die Premiere beginnt um zwanzig Uhr, sie muss um vierzehn Uhr in die Maske, da bliebe uns der Vormittag. Viel ist nicht mehr zu tun, maximal ein paar nachzubessernde Nähte.«

Daisy wunderte sich immer wieder, wie präzise ihre oft traumverlorene Chefin manchmal planen konnte – noch dazu nach einem derartigen Schwächeanfall. Sie entgegnete ihrerseits sehr sachlich: »Das geht leider auch nicht, Madame. Am Mittwoch kommt die Gräfin di Frasso.«

Madame Schlee seufzte tief, dann erhob sie sich, strich ihr Kleid glatt, aber scheinbar wurde ihr erneut schwindelig, denn sie tastete haltsuchend nach der Wand.

»Miss Goldenblatt, trauen Sie sich zu, die letzten Änderungen an Madame Crawfords Kleid umzusetzen? Es sollte nicht viel sein. Geben Sie es ihr aber nicht mit, unter keinen Umständen! Habe ich mich klar ausgedrückt? Sie lassen es hier nach der Fertigstellung noch einmal reinigen und schicken es dann morgen, frisch gebügelt und flach liegend, in einer Taxe zu Madame ins Plaza. Am besten, Sie nehmen ein paar zusätzliche Lagen Seidenpapier. Sie wissen, was ich von den Büglerinnen in diesem überbewerteten Etablissement halte, ich möchte wirklich verhindern, dass eine von ihnen sich meinem Kleid nähert. Sie wissen, welchen Schaden ein zu heißes Eisen anrichten kann.«

Daisy wusste es, und eine Mischung aus Vorfreude und Erleichterung ließ ihr Herz schneller schlagen. Sie liebte es, den Laden für sich zu haben. Sie liebte es, die Verantwortung für die Kundinnen und den reibungslosen Ablauf zu übernehmen. Am liebsten hätte sie Madame Schlee viel öfter die lästigen Anproben und das Tagesgeschäft erspart. Sie wusste, sie konnte das gut, sie beherrschte den Umgang mit den Lieferanten und den oft etwas überspannten Kundinnen. Wenn Valentina sie gelassen hätte, die große Modeschöpferin hätte sich viel mehr auf das konzentrieren können, was ihre Göttergabe war: Kleider von solcher Schönheit zu zaubern, es raubte einem manchmal den Atem.

Daisy unterdrückte ihr Strahlen und sagte nüchtern: »Soll ich dann Ihren Chauffeur rufen und vielleicht auch gleich Ihren Tisch im Sardis heute Abend stornieren? Oder meinen Sie, Monsieur Schlee wird allein gehen?«

»Allein sicher nicht, Sie kennen doch meinen Gatten.«

Einen Moment lang hing der Satz zwischen ihnen, ein zartes Band weiblicher Komplizinnenschaft. Noch nie hatte Daisy dieses Gefühl gegenüber ihrer sonst so unnahbar kühlen Chefin gehabt. Es war, als hätte der Eispanzer durch Valentinas Zusammenbruch einen winzigen Riss, einen Sprung bekommen.

Auch Valentina schien es zu merken, klappte entschlossen den Handspiegel zu, in dem sie sich die ganze Zeit immer wieder betrachtet hatte. Sie schien sich einen Ruck zu geben, schien versucht, den Riss ungesehen zu machen. Mit einer Stimme, noch herrischer als sonst, sagte sie: »Schreiben Sie Madame de Acosta. Sie darf natürlich weiterhin jederzeit kommen, aber dieses sie begleitende Trugbild, das möchte ich nie wieder hier empfangen. Nie wieder möchte ich gezwungen werden, diese Höllenbrut zu sehen, diese Ausgeburt Satans! Die Toten sollen tot bleiben!«

KAPITEL 8

Daisy hatte sich das Blaugestreifte mehr als verdient! Sie hatte die finale Anprobe mit Crawford großartig geregelt bekommen. Dabei war es – anders als erhofft – keineswegs einfach gewesen.

Zunächst einmal hatte die dunkelhaarige Schöne wenig Verständnis dafür gezeigt, dass statt der großen Madame Valentina irgendein zweitklassiges Gänschen nach ihr sehen würde, doch nachdem sie ihrem Missfallen wortreich Ausdruck verliehen hatte, war sie schließlich – in Ermangelung von Alternativen – bereit gewesen, die Anprobe auch mit Daisy durchzuführen. Aber kaum hatte Daisy sich selbst dafür innerlich auf die Schulter geklopft, war schon das nächste Problem aufgetreten.

Nach insgesamt drei Vorbesprechungen und fünf Anproben hätte man meinen können, dass die Crawford wusste, dass Madame eine apricotfarbene, mit dezenten Glitzerfäden durchwirkte Abendrobe für sie geschneidert hatte. Ganz gerade fallend und mit einer starken Ähnlichkeit zu dem glänzenden Tanzkleid, das sie in einer der entscheidenden Szenen in *Die Frauen* trug – nur mit etwas weniger Dekolleté und dafür mehr Eleganz und Klasse, wie Valentina betonte, denn die Leinwandgarderobe der Hauptdarstellerinnen war von ihrem Rivalen Gilbert Adrian entworfen worden.

Es war ein zauberhaftes Kleid, eine von Madames genialen Kreationen – ein Kleid, das sich zurücknahm und doch die Schönheit der Trägerin betonte.

Und nun hatte jemand – Daisy verdächtigte eine der Näherinnen – das strikte Geheimhaltungsgebot von Valentina Couture gebrochen und der Crawford verraten, die Shearer würde in einer alle Blicke auf sich ziehenden Tüllkreation zur Premiere erscheinen. Ein Hingucker von einem Kleid, ein lautes, grell um Aufmerksamkeit buhlendes Kleid solle es sein, da war sich die Crawford sicher – und außerdem hatte sie, wie sie offen zugab, auch fünfzig Dollar für die Information gezahlt.

Das Geld war definitiv eine Fehlinvestition gewesen, denn die Robe, die Madame für Norma Shearer entworfen hatte, war gewiss nichts in dieser Richtung. Vielmehr hatten sie sich nach zahlreichen Gesprächen für eine schlichte schwarze Samtkreation entschieden.

Es wäre ein Leichtes gewesen, die Crawford von ihrem Irrglauben zu kurieren, indem Daisy ihr einfach das Kleid der Shearer gezeigt hätte – aber sie wusste, dass das ein Fehler gewesen wäre. Zum einen verstieß sie damit gegen das Diskretionsgebot, zum anderen traute sie der eifersüchtigen Diva so ziemlich alles zu, bis hin zu einer Scherenattacke auf das für die Rivalin bestimmte Stück.

Also hatte Daisy zweimal tief durchgeatmet und ihr charmantestes Lächeln aufgesetzt.

Sie kam vielleicht aus einer Gesellschaftsschicht, in der man fast verlobt war und trotzdem heimlich einen anderen Mann küsste, aus einer Schicht, in der man jeden Skandal scheute, aber eines hatte Daisy gelernt: Ihr wohlerzogenes Lächeln verließ sie nie.

Sie wusste genau, Valentina selbst hätte die Nerven verloren, wäre wieder einmal – wie so oft bei schwierigen Kundinnen – einfach verschwunden, hätte es Daisy und Katej überlassen, die Kundin aus dem halb fertigen Kleid und aus dem Laden zu bekommen.

Daisy aber lächelte, und lächelnd hatte sie der Crawford noch einmal all die Vorzüge ihres Kleides aufgezählt, wobei sie geschickt immer wieder darauf hinwies, wie viel jugendlicher das apricotfarbene Kleid doch im Vergleich war – zwar trennten die beiden Streithennen nur drei Jahre, aber das gab schließlich den Ausschlag.

Das und das Versprechen zweier Abnäher, mit denen Daisy das Dekolleté bis Mittwoch etwas zu vergrößern versicherte.

Zu keinem Zeitpunkt jedoch hatte sie vor, dieses Versprechen auch wirklich zu halten – erstens hätte Madame Schlee sie gefeuert, wenn sie anfing, eigenhändig an einer ihrer Kreationen herumzupfuschen, und zweitens war sie restlos überzeugt, dass die Crawford bis zur Premiere ohnehin nicht mehr wusste, wie groß das Dekolleté vorher gewesen war. Und mit einem verschmitzten Lächeln hatte sie an Madame Schlees Worte gedacht: »Ich bin die Schneiderin, ich nähe. Wenn ich Schauspielerin wäre, würde ich schauspielern. Man darf da nicht durcheinanderkommen und sich einbilden, beides zu können.«

Bei sich dachte Daisy, dass sie selbst weder das eine noch das andere war, aber zum Umgang mit Menschen hatte man sie erzogen.

Sehr mit sich zufrieden hatte Daisy die Diva schließlich eigenhändig zur Tür begleitet und leichten Herzens der sich entfernenden Taxe nachgesehen. Zum ersten Mal an diesem Tag hatte sie nicht ständig an Christopher und das drohende Gespräch mit Alistair gedacht, sondern ausgelassen den *Flat Foot Floogie* gesummt und war durch die inzwischen leeren Räume spaziert.

Sie hatte das Kleid aus dem Anprobenzimmer geholt, es wie ein Neugeborenes zärtlich, aber sicher im Arm gehalten und mit der Schulter die Tapetentür neben Madame Valentinas Schreibtisch aufgedrückt.

Hinter dieser pastellgelb gestreiften Pforte begann das Reich der Näherinnen. Sie war das Portal, der Schnittpunkt zwischen Vision und harter Arbeit, zwischen Traum und Fingern mit Hornhaut.

Angestaute Hitze schlug Daisy entgegen, und mit jeder hölzernen Stufe, die sie emporstieg, wurden die Temperaturen drückender.

Wegen einer seltsamen Angst vor Windstößen waren die Näherinnen angehalten, die Fenster stets geschlossen zu lassen, und vermutlich hielten sie sich tatsächlich daran. Nur zu festgesetzten Zeiten durften sie lüften, schon damit sich keine unangenehmen Gerüche in den Stoffen festsetzten. Dem wurde jedoch auch durch eine gerahmte und neben der Tür gehängte Verbotsliste entgegengewirkt:

1) *In den Arbeitsräumen wird nicht geraucht.*
2) *In den Arbeitsräumen werden keine Speisen verzehrt.*
3) *Die Arbeiterinnen sind verpflichtet, jeden Tag vor Arbeitsbeginn ihre Füße, ihre Achseln und weitere eventuell unreinliche Körperteile zu waschen und mit Talkumpuder etwaiger Geruchsbildung entgegenzuwirken.*

4) *Den Arbeiterinnen ist es verboten, Duftwasser*
   oder riechende Pomaden aufzutragen.
5) *Nach dem Ablauf einer Stunde sind die Arbeiterin-*
   nen angehalten, ihre Hände mit Wasser und Kern-
   seife zu reinigen, um eine etwaige Verschmutzung
   des Stoffes zu verhindern.

Daisy kam oft herauf, wenn sie die Anlieferung der
Stoffe kontrollierte, Garnbestellungen aufnahm oder
neue Anweisungen an die Näherinnen weitergab, dennoch wusste sie wenig bis nichts über die Frauen hier.

Es handelte sich bei ihnen ausschließlich um Exi-
lantinnen aus Russland oder der Ukraine – von der
Vorarbeiterin abgesehen, beherrschten sie kaum
mehr als ein paar Brocken Englisch, was auch nicht
nötig war, denn sie blieben unter sich, wohnten wohl
auch zusammen oder wenigstens in der unmittel-
baren Nachbarschaft voneinander.

Wie immer erfüllt von andächtigem Staunen war
Daisy an den hellen Birkenholztischen vorbeigegan-
gen, fünf Stück für je zwei Näherinnen, einander ge-
genübersitzend. Zwischen ihnen verlief ein ins Holz
eingelassenes Nadelkissen.

Worüber mochten die Frauen sprechen, während
sie hier saßen und Kleider nähten, die so aberwitzig
teuer waren, dass der Lohn ihres gesamten Arbeits-
lebens vielleicht gerade für eine der Schürzen gereicht hätte?

Dachten sie an Umsturz und Sozialismus, oder waren sie froh, ihrer revolutionären Heimat entronnen zu sein, empfanden sie dumpfe Freude in der sicheren Eintönigkeit ihrer Arbeit? Und wer mochte der Crawford für fünfzig Dollar diesen Bären aufgebunden haben?

Unter weißen Hauben verborgen standen die Singer-Nähmaschinen, und die bearbeiteten Modelle waren vorbildlich in den mächtigen Stahlsafe hinter dem Tisch der Vorarbeiterin gesperrt worden.

Die Vorarbeiterin war eine grauhaarige Dame, die den Kopf sehr hoch und zu ihrem schlichten Kittel Perlen in den Ohren trug – vielleicht dachte sie beim Nähen an die vergangenen Zeiten, in denen sie selbst von unsichtbaren Händen gearbeitete Kleider getragen und auf Bällen getanzt hatte?

Gottes Wege waren unergründlich, und hinter dem riesenhaften Zarenporträt an der Wand befand sich der Sicherheitsschrank. Nur die Vorarbeiterin besaß ein violettes Nadelkissen, und wenn man wusste, wo man drücken musste, ließ es sich anheben. Darunter lag ein kleiner Zettel mit dem täglich wechselnden Zahlencode.

Daisy kannte all diese Geheimnisse, und während sie dem Klicken des aufspringenden Schlosses lauschte, liebkoste sie den apricotfarbenen Stoff des Kleides noch einmal mit dem Daumen. Es war dieselbe Bewegung, mit der Valentina jene seltsame kleine Zeichnung gestreichelt hatte. Was mochte es damit nur auf sich haben?

Daisy öffnete die schwere Stahltür und atmete tief ein – wie gut all diese halb fertigen Kleider dufteten, wie rein der noch unbenutzte Stoff roch. Hier hingen sie auf Bügeln, mal mit Seide, mal mit Samt bezogen, all die Geheimnisse der schönsten Frauen dieser Welt. Nach Datum der Fertigstellung geordnet, warteten sie hier darauf, geliebt zu werden.

Das aufzubügelnde Kleid der Crawford hängte Daisy ganz vorne hin.

Sie besaßen etwas Hypnotisches, all diese Kleider, Mäntel, Blusen und Röcke – wenn man genau hinhörte, konnte man sie fast flüstern hören. Mit vorsichtigen Fingern fuhr Daisy hier über einen Samtärmel, dort über einen Chinchillapelz-Kragen. So weich, so zart. Sie wollte das Gesicht hineinpressen, wie sie es gerne in die Umarmung ihrer Mutter hineingedrückt hätte. Ein einziges Mal nur.

Vielleicht, wenn sie Alistair heiratete?

Alistair Fraser, von den Frasers aus Louisville.

Vielleicht wäre ihre Mutter dann stolz? Denn dann war Daisy am Ende ja doch zu etwas nutze gewesen, obwohl sie nur ein Mädchen und nicht der erhoffte Junge geworden war.

Es hatte Daisy Kraft gekostet, den Safe wieder zu schließen. Wenn sie den Laden für sich hatte, fühlte sie sich darin ein wenig wie in einer Kirche – nur dass Madame Valentinas Kleider ihr Erlösungsversprechen immer hielten. Die Kleider erfüllten immer ihren Zweck.

Und mit diesem Gedanken war Daisy plötzlich sehr eilig zu Macy's gelaufen, dort hatte sie ihrem blau gestreiften Leinenkleid einen freundlichen Blick zugeworfen, war aber dann rasch weitergegangen.

Sie suchte etwas Bestimmtes. Ein Kleid, das vielleicht ein Verlobungskleid sein würde. Die Genialität ihres Einfalls hatte sie regelrecht beschwingt, und bestimmt eine halbe Stunde hatte sie sich vergnügt durch die Modelle probiert. Und dann fand sie es – genau, was sie brauchte, sogar noch reduziert. Als sie das Kleid vom Bügel nahm, zögerte sie allerdings trotzdem einen Moment. Vermutlich würde sie ihr Verlobungskleid auch noch in den Buchclub tragen.

Wollte sie Christopher wirklich so begegnen? Sie dachte an all die schönen Kleider hinter der Stahltür, und an das süße blau gestreifte dachte sie auch. Sie dachte daran, wie wichtig es war, immer perfekt für Anlass und Ort gekleidet zu sein, aber dann dachte sie an Christophers Lachen, an die Locken und an den abgebrochenen Zahn. Und mit dem Gedanken daran ging sie zur Kasse.

KAPITEL 9

In der Subway hielt sie ihr eingeschlagenes Kleid sehr vorsichtig und versuchte, nicht daran zu denken, dass sie in drei Stunden vielleicht schon die zukünftigen Mrs. Fraser sein würde.

Was für ein Erfolg! Der Stolz der Familie.

Im Triumph würde sie nach Hause zurückkehren. Ihr Vater wäre endlich einmal zufrieden mit ihr, denn sie war zwar nur ein Mädchen, aber doch so hübsch, dass ihr der gesellschaftliche Aufstieg auch so gelang. Die Waffen einer Frau waren ihr Aussehen und nicht ihr Verstand. Beim Gedanken daran musste Daisy sich zurückhalten, nicht ihr neues Kleid zu fest an sich zu drücken. Der Stoff war billig, er bekam bestimmt leicht Knitterfalten.

Also warum denn eigentlich nicht? Beherzt griff sie zu. Vielleicht hatte sie ja Glück, vielleicht würde am Ende die Oberflächlichkeit triumphieren? Und wenn nicht? Daisy war nach Weinen zumute.

Es war nicht nur aus Wut, es war auch eine ganz und gar kindische Sehnsucht nach Christopher, der nie ein Wort über ihr Äußeres verloren hatte. Außer vielleicht einem etwas gewagten Kompliment bezüglich des Hutes, den sie zur Easter Parade getragen hatte und den er als »ausgesprochen fliederig« bezeichnet hatte.

Darüber hatten sie beide sehr herzlich lachen müssen – und eigentlich war das der Anfang gewesen, die Easter Parade und das gemeinsame Lachen, ein Lachen darüber, wie albern das alles war: Hüte mit frischen Blumen für einen Umzug, und überhaupt das ganze Getue. Sie hatten einander verstanden.

Daisy schüttelte entschlossen den Kopf und besann sich auf nüchterne Probleme. Sie war immer so stolz auf ihren rationalen Verstand gewesen.

Sie musste Madame Valentina noch daran erinnern, dass *House & Country* den Termin für die Oktoberausgabe bestätigt hatten, gerade mit der Abendpost war die Nachricht gekommen. Und Alaska hatte auch geschrieben, man befürchtete eine Schwemme von weißem Fuchs, für Madames Kundinnen würde es also keinen Polarfuchs geben. Man wollte ja nicht gewöhnlich wirken.

Wie es Madame wohl ging? Seltsam war das gewesen, noch nie hatte Daisy zuvor etwas Derartiges bei der großen Schlee gesehen. In Ohnmacht fiel sie gern und oft, aber so schwach war sie noch nie gewesen.

Und was mochte diese Zeichnung nur bedeuten? Sie wusste ja so wenig über die Modeschöpferin, für die sie nun schon zwei Jahre arbeitete.

Es rankten sich so viele Geschichten und Halbwahrheiten um sie. Sie sei die uneheliche Tochter eines Großfürsten und einer Ballerina. Nein, die Tochter eines Großfürsten und seiner deutschen Gattin, Erbin eines mit Kanonen blutig verdienten Vermögens – oder am Ende doch nur eine gewöhnliche Exilantin? Woher stammte der sagenhafte Schmuck, den Madame bei Feierlichkeiten anzulegen pflegte? Die Sternenbrosche und die Perlenketten – war es Zarengold oder gut gemachter Theaterstrass?

Madame Valentina stammte aus der Ukraine und hatte längere Zeit auf der Krim gelebt, darin waren sich all die Klatschmäuler einig. Aber gab es über ihren geschäftstüchtigen Gatten George hinaus Familie? Und wie stand es mit einer Schwester? Was konnte Madame nur gemeint haben? Glaubte sie in de Acostas Begleitung ihre Schwester erkannt zu haben? War sie deshalb so erschrocken? Aber warum wollte sie diese dann nie wiedersehen? Und was meinte sie damit, die Toten sollten tot bleiben?

Mit derlei Überlegungen lenkte Daisy sich sehr angenehm von den Gedanken an die Zukunft ab, und so kam sie fast gut gelaunt in Brooklyn an.

Die von alten Bäumen gesäumte Straße zum Haus ihrer Tante war für Daisy einer der schönsten Orte der Welt. Schmale, meist rote Ziegelhäuser reihten sich aneinander, vermittelten den Eindruck, sich in einem behaglichen kleinen Vorort zu befinden. Die üppigen Blumenkübel, die die Bewohner auf den Treppen zum Vordereingang und auf den Fensterbrettern platziert hatten, entzückten Daisy jeden Tag von Neuem.

Vor allem Blaukissen fluteten die Stufen herab, aber es gab auch viel sattgrünes Efeu, weißes Schleierkraut und pinke Begonien. Abends, wenn sich nach einem heißen Tag die Luft dampfig staute, konnte man auch Vanilleblumen und mit etwas Phantasie sogar den Salbei der nach hinten gelegenen Küchengärten riechen.

Heute jedoch dachte Daisy beim Anblick des Hauses nur daran, dass ihre Tante sich dessen architektonische Extravaganzen mit ewigem Wegschauen, mit jahrzehntelangen Demütigungen teuer erkauft hatte.

Das Haus lag in vollkommener Dunkelheit. Als Daisy den Lichtschalter drehte, erinnerte sie sich daran, dass ihr Onkel für diesen Abend Opernkarten besorgt und dem Personal freigegeben hatte.

Obwohl es nicht das erste Mal war, dass sie das Haus ganz für sich hatte, überkam Daisy ein seltsames

Gefühl von Glück – ein bisschen wie in dem Moment, in dem sie die Crawford in ihrer Taxe hatte davonfahren sehen. Oder als Christopher sie gefragt hatte, ob es nicht langsam Zeit wäre, an den Heimweg zu denken.

Das Haus gehörte ihr – keine Tante, kein Onkel und auch kein giftig dreinblickendes Hausmädchen, die ihr hätte sagen können, was sie zu tun hatte.

Und obwohl sie sich eigentlich beeilen, rasch umziehen und dann schnell eine Taxe bestellen sollte, schlüpfte sie erst einmal aus ihren hohen Pumps.

Was für eine Wohltat!

Ihre Zehen genüsslich knetend, sank sie auf die unterste Treppenstufe und sinnierte über Madame Schlees grundsätzliche Meinung zu Absatzschuhen. Eine Frau hatte laut ihr niemals flache Schuhe zu tragen – außer an Bord eines Segelschiffs oder während einer Schwangerschaft, was aber modisch sowieso eine verlorene Zeit war. Der Absatz durfte weder zu niedrig sein, das wirkte bieder, noch zu hoch, das wirkte billig. Und niemals, absolut niemals durfte die Frau den Mann überragen.

Was war das?

Da war ein Geräusch gewesen, ein Geräusch wie Glas, das mit Schwung abgestellt wurde.

Daisy schluckte trocken. Sie wusste, was das bedeutete oder ahnte es zumindest.

Jetzt war alles wieder still.

Zögernd stand sie auf, lauschte angestrengt, aber sie musste sich getäuscht haben. Doch etwas hinderte sie daran, so zu tun, als wäre alles in Ordnung, in ihr Turmzimmer zu gehen und sich umzuziehen.

Da!

Da war das Geräusch wieder, diesmal ein wenig anders, Glas auf Glas. Sie wusste nun sicher, was das bedeutete, aber was sollte sie nur tun? Sich bemerkbar machen? Nachsehen? Oder so leise wie möglich in ihr Zimmer fliehen, sich umziehen und fort? Doch bevor Daisy sich hätte entscheiden können, rief eine undeutliche Stimme:

»Hallo? Ist da jemand?«

Daisy schluckte abermals trocken. Sie konnte noch immer rasch in ihr Zimmer gehen und so tun, als wäre nichts. Nichts geschehen und nichts gehört.

Mit einer Hand hielt sie sich am Knauf des Treppengeländers fest, zögernd. Sie ahnte, was sie erwarten würde, wenn sie der Stimme ihrer Tante folgte. War es nicht für alle Beteiligten besser, einfach nichts gehört zu haben?

»Daisy, bist du es?«

Das gab den Ausschlag, sie setzte ihr Südstaatenlächeln auf und antwortete in heiterem Ton: »Ich bin es, Tantchen.«

Mit geradem Rücken und akkuraten Schritten ging sie in die Richtung, aus der die Stimme gekommen war. Die Küche.

Und dort an dem sauber geschrubbten Eichenholztisch saß ihre Tante, Melanie Priscot – schönste Debütantin des Jahres 1924, strahlende Herbstbraut desselben Jahres und dank der zahlreichen nächtlichen Konsultationen ihres Gatten nun Stammkundin bei Tiffany.

Sie trug ein apricotfarbenes, lächerlich jugendliches Abendkleid aus Tüll und Rüschen, die Schminke war vom Weinen verlaufen, und vor ihr stand die Flasche mit dem Kochsherry. Also kein Likör mehr, sie war beim Kochsherry angelangt.

Kein Glas. Ein Glas musste man abspülen, denn ein nicht abgespültes Glas würde der Köchin auffallen. Und schon als Tantchen Melanie die Flasche mit dem Kochsherry genommen hatte, musste sie gewusst haben, dass sie bald nicht mehr zu derartig komplizierten Handlungen in der Lage sein würde.

»Was machst ’n du hier?«, fragte sie nun lallend und betrachtete Daisy missbilligend. »Wolltest du nich’ mit diesem Fraserjungen flanieren? Sehr feine Familie, die Frasers, mütterlicherseits mit den Jacksons verwandt. Und väterlicherseits mit den Alexanders, Eisenbahnen und Öl. Sehr feine Partie.«

Und auf diese Erkenntnis hin genehmigte sie sich noch einen kräftigen Schluck aus der Flasche.

»Tantchen, was machst du denn hier?«, fragte Daisy nun ihrerseits, obwohl sie sich die Antwort schon denken konnte.

»Dein Onkel hat angerufen. Er muss arbeiten.« Sie zuckte entschuldigend die Schultern. »Er ist ein sehr fleißiger Mann, dein Onkel. Sehr fleißig.«

Daisy hielt sich an der Stuhllehne fest und lächelte, wie sie es gelernt hatte. Sie wusste, was sie jetzt zu tun hatte, obwohl ihre Erziehung derartige Situationen nicht explizit eingeschlossen hatte. Sie sagte sanft: »Sehr fleißig, ja. Soll ich dir vielleicht ins Bett helfen? Du wirkst ein bisschen schwach.«

»Mein Magen. Ich habe wohl etwas Falsches gegessen, deshalb habe ich mir ein Schlückchen genehmigt«, seufzte ihre Tante, und Daisy nickte verständnisvoll, gerade so, als wäre es vollkommen normal, in einem abgedunkelten Haus heimlich den Kochsherry zu trinken, während der Ehemann sich wieder mit irgendeiner Geliebten herumtrieb.

Schön das Licht zur Straße ausmachen, die Nachbarn, und kein Glas verwenden, das Personal.

Doch niemand würde es je wagen, etwas zu bemerken.

Daisy würde ihr nun zu Bett helfen und sich dann sputen, ins Ritz zu kommen. Dort würde sie sich endlich verloben, und dann wäre alles, endlich und für immer, in schönster Ordnung.

Daisy zögerte einen Moment. Sie wusste, wie verlogen das war, und sie spürte die Falschheit dahinter, vor allem aber spürte sie, wie Zorn in ihr aufstieg, ein heißer, kochender Zorn, und wie auf ein Zeichen hin erklang draußen ein grässliches Donnergrollen, der Himmel riss auf, und voller Wucht prasselte mit einem Mal Regen gegen die Scheibe.

»Lass nur, Liebes, ich finde selbst ins Bett.« Ihre Tante lächelte. Ein seltenes aufrichtiges Lächeln – voll Freude und Dankbarkeit, dass Daisy da war und vielleicht auch darüber, dass sie die Maskerade mitzuspielen bereit war. »Geht es dir denn selbst wieder besser? Mrs. Fraser hat mich angerufen und gefragt, wie es um deine Gesundheit bestellt ist. Du hast wohl Alistair mehrfach abgesagt ... aus gesundheitlichen Gründen?«

»Ja, ich war nicht ganz fit.« Daisy machte sich am Herd zu schaffen, ließ Wasser in den Teekessel und gab sich sehr beschäftigt. »Eine Sommergrippe.«

»Das habe ich ihr auch gesagt.« Ihre Tante nickte einige Male, dann sagte sie leise: »Pass bloß auf, dass die Sommergrippe nicht zu lange dauert. Alistair Fraser ist eine gute Partie, du solltest ihn dir nicht entgehen lassen. Du musst wissen, ich hatte damals auch ... eine Sommergrippe. Eine sehr heftige.«

»Wirklich?« Das war Daisy neu. Man hatte ihr immer nur erzählt, wie erfolgreich das Debüt ihrer Tante gewesen war und wie glücklich ihr Onkel sich wegen der Hochzeit geschätzt hatte. »Ich dachte immer, du wolltest Onkel Monty unbedingt heiraten?«

Die Tante schüttelte verstohlen den Kopf, dann flüsterte sie leise: »Er war Tankwart. Wenn ich euch in Savannah besucht habe, haben wir manchmal noch bei ihm Benzin gekauft.«

Natürlich, jetzt erinnerte sich Daisy an die glücklichen Spritztouren an der Seite ihrer strahlend schönen Tante. Nicht älter als fünf konnte Daisy gewesen sein – die Tante mit einem bunten Seidenschal um den rotblonden Bubikopf, und sie selbst trug eine kleine Chauffeurs-Mütze, eine Spezialanfertigung aus London, mit Lammfell gefüttert, denn die kleine Daisy litt oft an den Ohren. Der Geschmack von Weißbrot mit Bananen, brauner Zucker darüber gestreut und Eistee, so süß, dass die Zähne schmerzten.

Und ja, da war auch ein Mann gewesen, an der Tankstelle. Groß war er Daisy damals erschienen, mit hellem, von der Sonne fast weiß gebleichtem Haar und schmutzigen, Öl verschmierten Händen. Er hatte ihr ein Brausebonbon geschenkt, und die Tante hatte gesagt, sie dürfe es essen – obwohl es Daisy sonst verboten war, von Fremden etwas anzunehmen.

»Jetzt weiß ich es wieder«, sagte sie stockend. »Später ist er umgekommen, nicht wahr?«

»Eine kaputter Wagenheber. Am 20. November vor fünf Jahren.« Ihre Tante zuckte die Schultern. »Ich habe es erst Monate danach erfahren, aber ich hätte ja sowieso nicht zur Beerdigung kommen können.«

Einen Moment lang herrschte vollkommene Stille,

dann pfiff der Wasserkocher laut und schrill. Während Daisy ihn von der Herdplatte nahm, fuhr ihre Tante stockend fort: »Ich war damals in Schwierigkeiten. Tom hätte mich geheiratet, aber das ging natürlich nicht, stattdessen haben meine Eltern mich zu einem Arzt in Chicago geschickt. Er hat gepfuscht, nur das haben wir erst später gemerkt. Nie wieder Schwierigkeiten für mich. Ich musste froh sein, dass dein Onkel mich danach noch geheiratet hat.«

»Musst du nicht!«, platzte es aus Daisy heraus. »Du hast eine satte Mitgift mitgebracht, und du tolerierst seit Jahren seine Untreue. Und rede dir nicht ein, das wäre anders, wenn du ihm zehn Söhne geschenkt hättest. Meine Freundin Katej sagt immer: *Es gibt treue und untreue Männer. Die erziehst du nicht um.* Und Katej kann man auf dem Gebiet vertrauen. Also warum spielst du mit, warum lässt du dir das gefallen?«

Tante Melanie zögerte einen Moment, überlegte vermutlich, ob sie sich einfach naiv geben und so tun sollte, als wüsste sie nicht, wovon Daisy sprach, doch dann entschied sie sich dagegen und sagte: »Was soll ich denn sonst tun?«

»Lass dich scheiden! Geh einfach! Du musst dich nicht demütigen lassen!« Sie konnte nicht anders, all die aufgestaute Wut brach aus ihr heraus, und wütend rief sie: »Schau dich doch an! Schau dich an, wie du hier sitzt und heimlich trinkst. Den Kochsherry! Willst du ewig so weitermachen? Du hast nur dieses eine Leben, und das wirfst du weg aus Angst vor dem, was die Leute sagen? Ja, du warst unverheiratet von einem Tankwart schwanger – aber das ist nichts, weswegen du dich für den Rest deiner Tage schämen und grämen musst. Warum lässt du dich von allen so behandeln? Du hast eigenes Geld, du hast keine Kinder, du kannst aufstehen und gehen.«

Daisy erschrak selbst über die Heftigkeit ihres Zorns, wurde mitgerissen von den angestauten Gefühlen: »Du bist doch nur zu feige. Steh einfach auf und geh!«

Tante Melanie sah sie an und schwieg. Daisy starrte grimmig zurück. Sie wusste, ihr Zorn galt nicht nur ihrer Tante, sie war auch wütend auf sich selbst – sie hatte gut Reden schwingen. Sie war kein bisschen besser, hatte sie nicht vor einigen Stunden erst Katej erklärt, dass die Ehe mit einem armen Mann für eine Frau ihrer Schicht kategorisch ausgeschlossen war?

Sie spürte, sie musste irgendetwas sagen, etwas Versöhnliches, Tröstendes, doch ehe ihr passende Worte eingefallen wären, entgegnete ihrer Tante mit einer fast nüchternen, seltsam heiteren Stimme: »Ich lege mich ins Bett. Morgen früh sieht die Welt schon wieder ganz anders aus.«

Aufrecht und nur leicht schwankend verließ Tante Melanie die Küche.

Später würde Daisy denken, dass ihre Tante in jenem Moment den grauenhaften Entschluss gefasst haben musste, aber im Moment tat ihr nur der Hals weh. Sie hatte geschrien, und niemand hatte es gehört.

KAPITEL 10

Der Regen hatte ebenso plötzlich aufgehört, wie er gekommen war. Der Broadway dampfte und glänzte, in den Pfützen und im schwarzen Lack der Automobile spiegelte sich das Weiß, das Neongrün, das Rot der Leuchtreklamen, auf drei Spuren rasten die neuen gelben Taxen an den Passanten, den Nachtschwärmern und Theaterbesuchern vorbei, bespritzen schöne Seidenstrumpfbeine mit Rinnsteinwasser.

Valentina schauderte.

Morris, ihr Chauffeur, lenkte voll ruhiger Arroganz ihren marineblauen Adler Trumpf, mit sanftem Schwung wich er Pfützen aus, überholte mühelos einen froschgrünen Packard und glitt am Shubert Theater vorbei.

Valentina warf einen furchtsamen Blick auf die neonblau blinkende Programmankündigung des Abends: *Philadelphia Story – Joseph Cotton & Katharine Hepburn in der romantischen Komödie des Jahres!*

Es lief also noch immer.

Mit einem Anflug von Stolz sah Valentina zu ihrem Gatten, aber George blickte stur in seinen Opernführer, las den Artikel zum heute gegebenen *Tannhäuser* von Richard Wagner.

Er hatte vermutlich längst vergessen, dass es seine Frau gewesen war, die von Robert Sinclair als Kostümschneiderin für dieses fulminante Comeback der Hepburn engagiert worden war? George vergaß leicht, schnell und gerne.

Valentina jedoch nicht, was für eine Arbeit das gewesen war! Bestimmt fünfzigmal hatte sie sich durch das – reichlich dümmliche – Drehbuch gearbeitet, hatte den Charakter von Hepburns Figur studiert, sich angehört, wie Katharine Hepburn die Rolle spielen wollte, hatte sich das Bühnenbild zeigen lassen, und dann hatte sie mit der Farbpalette begonnen.

Viel mädchenhaftes Weiß, viel Chiffon und Seide, um den sommerlichen Rahmen dieser albernen kleinen Geschichte zu unterstreichen, die keusche Zartheit der bräutlichen Hepburn zu zeigen. Aber auch zwei Hosenanzüge und ein Paar gewagte kurze Damen-Bermudas – denn die Hepburn war eben am

Ende doch keine unberührte Göttin, selbst wenn Joseph Cotton sie in einer Szene als solche bezeichnete.

Der Kontrast war so raffiniert, dabei so subtil, dass ihn selbst die Kritiker bemerkten. Der *New Yorker* hatte die Garderobe der Hauptdarsteller ausdrücklich hervorgehoben, und *Life* hatte der Hepburn eine komplette Bilderstrecke im Kostüm gewidmet, natürlich vor allem in diesem fragilen Chiffontraum eines Brautkleides, bedeckt bis zu den Handgelenken und doch so verführerisch, wie eine Braut nur aussehen konnte.

Ein phänomenaler Erfolg, ein grandioses Comeback für die Hepburn, aber auch ein Triumph für Valentina Schlee – besonders nachdem ihre Kostümideen für Vivien Leigh in der Rolle der heißblütigen Scarlett O'Hara als zu kostspielig und zu modern abgelehnt worden waren.

Was für ein Triumph, jetzt also doch!

Und George? Er musste es eigentlich wissen, er hatte sie im März zur Premiere ins Schubert Theater begleitet, ein birkengrünes Kleid hatte sie sich zu diesem Anlass entworfen, Rohseide mit sechsunddreißig winzigen, ebenfalls mit Rohseide bezogenen Knöpfchen im Rücken.

Es war ein Kleid für eine verheiratete Frau, die nicht mehr Bein oder Brust zeigen musste, sondern sich ganz darauf verlassen konnte, dass der Betrachter wusste, was für eine Schönheit sich unter den raschelnden Stoffbahnen verbarg.

Ein Kleid für einen Ehemann, nicht für einen feurigen, jungen Liebhaber – sechsunddreißig Knöpfe brauchten Zeit, sie verlangten nach einem Genießer, sie machten nur Freude, wenn man das Auspacken liebte, wenn das Auspacken Altbekanntem neuen Zauber einhauchte.

Unzählige Fotografen hatten vor den Toren des Theaters auf das Ensemble gewartet, blendend grell war das Blitzlicht gewesen. Valentina Seite an Seite mit George, bei ihm eingehakt, zu ihm emporblinzelnd, George im Smoking. Ein schöner Mann, elegant, mit blauschwarzem Haar und einem sinnlichen Mund – konnte man den Frauen einen Vorwurf machen? Konnte man ihm einen Vorwurf machen?

Vorwürfe hatte Valentina sich am Ende nur selbst gemacht – der Knöpfe im Rücken wegen hatte sie auf dem Bauch schlafen müssen, und als ihr Mädchen ihr am Morgen endlich heraushalf, da hatte sie bei sich gedacht, dass ein Reißverschluss doch keine schlechte Idee gewesen wäre.

»Schau mal«, sagte sie leise und legte George kurz die Hand auf das Knie. »Weißt du noch, die Premiere von *Philadelphia Story*?«

Einen kurzen Moment blickte er auf, lächelte, klappte sogar den Opernführer zu, wenn er auch den Zeigefinger als Lesezeichen einklemmte.

»Eine nette Premiere war das. Schade, dass das mit Scarlett O'Haras Kostümen nicht geklappt hat. Man kann die Premieren gar nicht vergleichen – für *Vom Winde verweht* herrschte drei Tage Ausnahmezustand. Ganz Atlanta ist zusammengekommen.«

Sie spürte, wie ein heftiges Zittern sie durchlief, obwohl ihre Finger in den schönen weißen Galahandschuhen ruhig blieben. Leise, damit der Fahrer es nicht mitbekam, zischte sie: »Mit wem bist du denn eigentlich auf die Premiere gegangen? Kenne ich sie?«

»Ja, das nehme ich jedenfalls an. Sie trug ein Kleid von dir«, entgegnete George in sanftem Tonfall, so als habe er ihren Zorn überhaupt nicht bemerkt. »Vivien Leigh war es nicht, obwohl die am Flughafen auch einen Mantel von dir trug. Ich bin mir nicht mehr sicher, aber ich glaube, es war Baroness Decies.«

Das sagte er so liebenswürdig und mit so einem reizenden Lächeln, dass Valentina sich die Fingernägel in die Handballen drücken musste.

Wie konnte er nur?

»Jetzt freue ich mich aber auf den Abend«, wechselte George das Thema, ganz als hätten sie über etwas vollkommen Belangloses geplaudert. »Man kann über die Deutschen sagen, was man will – von Autos und Opern verstehen sie etwas. Bei Politik wird die Zukunft es noch zeigen müssen.«

Und bei diesen Worten brachte der Chauffeur ihren Wagen vor der Fassade der Metropolitan Opera sanft zum Stehen.

Ein Boy sprang herbei, riss die Wagentür auf Georges Seite auf, so dass ihr Gatte Valentina galant beim Aussteigen behilflich sein konnte. Die Blitzlichter der Fotografen grellten auf, George rückte seinen Zylinder zurecht, legte ihr zart die Hand auf das Pelzcape und lächelte.

Wie sie die Fotografen mit ihren unersättlichen Abzugfingern hasste, klick, klick, klick.

Sie lächelte, ernst und damenhaft.

Was für ein schönes Paar sie doch abgeben mussten. Er ein erfolgreicher Aktienmagnat, sie eine angesehene Modeschöpferin. Das war die neue Zeit, zwei im Scheinwerferlicht.

Wie glücklich sie sein mussten, diese Schlees, der wahr gewordene amerikanische Traum.

Ja, die Freiheitsstatue hatte ihr Versprechen gehalten – doch niemand hatte Valentina verraten, wie gefährlich diese war, wie eine böse Märchenfee, wie die listenreiche Baba Jaga ihrer Kindheit.

Man musste achtgeben, was man sich wünschte, denn der Wunsch würde sich erfüllen, keine Gnade, für Reue war es zu spät.

Valentina lächelte in die blendenden Blitzlichter, blickte auf ihre Finger in den Galahandschuhen und sah wieder, wie sie sich um den Stahl der Reling geklammert hatten, damals, als die *France* mit ihr an

Bord in Le Havre abgelegt hatte, das Ziel: der Broadway. Damals, am 13. September 1922. Natürlich war es ein 13. gewesen, wie hätte es auch anders sein können.

Sie wäre lieber in Paris geblieben, sie mochte die von Cafés und Bistros gesäumten Straßen, die winzigen Tischchen und den dampfend heißen Café Noir, sie mochte das Geschnatter der Tauben, und manchmal, wenn sie in ihrem winzigen Kämmerchen auf dem Bett lag, dann kam es ihr so vor, als wären es die Möwen ihrer Kindheit, als hätten sie nur eine andere Sprache gelernt, wie Valentina auch.

Vor allem aber hatte sie die Pariser Frauen geliebt – wie schön sie waren, selbst wenn sie es nicht waren. So elegant, so raffiniert und dabei so selbstverliebt. Es kam ihr vor, als bekleideten sie sich nicht für Männer, sondern für andere Frauen. Welcher Mann hätte auch die Raffinesse dieser farblichen Arrangements oder die Schönheit eines bestickten, das Knie gerade noch bedeckenden Kleides zu würdigen gewusst? Und niemals hätte eine Frau einer anderen Frau die Bluse, den Rock zerrissen, blind vor triebhafter Gier. Das gequälte Jammern des geschundenen Stoffes würde Valentina nie vergessen, wenn sie in Paris doch sonst so glücklich, so gut im Vergessen gewesen war.

Anderes schwor sie, für immer im Gedächtnis zu behalten. Marija, mit dem spöttischen Lächeln und der kraus gezogenen Nase.

Alles wäre damals in Paris möglich gewesen, Hand in Hand waren sie und die anderen Mädchen durch den Arc de Triomphe flaniert, Marijas Sommersprossen und der sonnenverbrannte Scheitel in ihrem hellblonden Haar, Sarah Bernhardt selbst hatte einen Champagner-Toast auf Valentinas Erfolg ausgesprochen, ein aufgehender Stern in der Revue Russe. Valentina und Marija, die Dunkle und die Helle, Nachtgestirn und Sonne.

Erstmals war sie sich ihrer wieder sicher gewesen. In Marijas dunklen Augen konnte sie ihre Spiegelung sehen.

Sie war, und sie wurde geliebt.

Die Revue Russe im Maria Kusnezoff Theater, der Geruch von Puder, Zigarettenqualm und billigem Parfum. Oft waren sie nach den Vorstellungen noch gemeinsam tanzen gegangen, nur die Mädchen, und bestimmt hatte es in ganz Paris keine schöneren gegeben.

Was hatten sie gelacht, oft übermütig, manchmal hysterisch, Geflüchtete waren sie alle. Sie alle kannten das grauenhafte Geräusch zerreißenden Stoffs, nie sprachen sie darüber, das war nicht nötig, sie wussten es auch so, trösteten einander stumm.

Wenn ich es ertragen kann, kannst du es auch.

Wenn du es erträgst, dann ertrage auch ich es.

All das hatte sie an jenem 13. September zurückgelassen, weil George befunden hatte, in Paris gäbe es zu viele Exilrussen, das mache die Überwachung leichter. Überwachung durch wen? Lenins Männer, Stalins Schergen?

New York sei weiter weg, das sei auch besser fürs Geschäft – in Manhattan gebe es nicht an jeder Ecke tanzende Russinnen, und der Markt für echten russischen Wodka sei größer.

Herrschte dort nicht Prohibition?

Eben!

Erster Klasse waren sie gereist, George mit geliehenem Geld, sie mit geliehenem Pelz und Erbschmuck aus geschliffenem Glas. Aber wenigstens seine Träume hatten George gehört, ihre waren auf dem Weg verpfändet worden.

Sie hatte den Mädchen versprochen zu schreiben, sie hatte Marija versprochen, an sie zu denken, jeden Morgen. Geschrieben hatte sie nie.

»Hierher, Madame Schlee!« Klick.

»Nicht so ernst, Mrs. Schlee!« Klick.

»Lächeln, Valentina, lächeln für die Kamera!« Klick, klick, klick.

KAPITEL 11

Miss Goldenblatt?«

Der Portier des Ritz musterte Daisy, trotz seiner blendenden Manieren, durchaus nicht ohne einen leichten Zweifel, Daisy aber nickte zufrieden.

»Mr. Fraser erwartet Sie in seiner Suite. Ein Boy wird Sie gleich hinaufbegleiten.«

Das war eine kleine Enttäuschung, Daisy hatte gehofft, sie könne ihr neues Kleid im Speisesaal ausführen. Auch bestätigte dieser doch eher intime Rahmen ihre schlimmsten Befürchtungen – sollte Alistair Fraser es tatsächlich wagen, gegen jede Form zu verstoßen und ihr an einem Montag einen Antrag zu machen? Das war doch nun wirklich nicht seine Art.

Trotz des warmen Wetters schauderte Daisy, während sie hinter einem Boy her in Richtung des Aufzugs ging. Sie glaubte, die Blicke der übrigen Gäste in ihrem Rücken zu spüren. Ja, das Kleid war die richtige Wahl gewesen. Wie sagte Madame immer so schön? Eine Dame muss immer passend zum Anlass gekleidet sein. Ob Madame jemals ein Kleid entworfen hatte, nur zu dem Zweck, eine Verlobung zu verhindern?

An der von Stuckgold eingefassten Tür übergab der Boy sie Alistairs bereits wartendem Diener – der verzog bei ihrem Anblick keine Miene, aber sie meinte doch ein überraschtes Zucken in den Augenwinkeln wahrgenommen zu haben.

»Guten Abend«, sagte Daisy und schüttelte den Kopf, als er ihr aus der Strickjacke helfen wollte. Auf keinen Fall wollte sie sich von der trennen, die gehörte zum modischen Gesamt-Ensemble. Eigentlich hatte Daisy sie schon wegwerfen wollen, war sie doch an Ellenbogen und Saum längst schäbig geworden, aber heute Abend würde sie ihr vielleicht noch gute Dienste erweisen. Wie herrlich die schweinchenrosafarbene Wolle sich mit dem Senfgelb von Daisys neuem Kleid biss – und wie sich beides gemeinsam mit ihrem rotblonden Haar biss!

Zufrieden betrachtete Daisy ihre Spiegelung in dem großen, auf den Central Park hinausgehenden Bodenfenster.

Dank der Höhe und der mehrfach verglasten Scheiben verstummte der allgegenwärtige Verkehrs- und Menschenlärm, man fühlte sich wie in einer Seifenblase, schwebend über allem.

Jederzeit vom Absturz bedroht.

»Mr. Fraser kommt gleich, Miss Goldenblatt«, erklärte der grauhaarige Diener, und Daisy lächelte ihm zu.

Was wusste dieser ewig schweigende Mensch über Alistair? Stand er auch manchmal so an diesem Fenster, so wie Daisy nun, und blickte hinaus – träumte auch er manchmal davon, einfach fortzufliegen, einfach ins Blaue zu springen? Betrachtete auch er manchmal sein Spiegelbild in der nächtlich dunklen Scheibe und fragte auch er sich, welche Schicksale und Dramen hinter den fernen Fensterlichtpunkten vor sich gingen? Oder dachte er nur an etwaige Fettabdrücke auf dem blanken Glas?

Daisy warf ihrer Spiegelung einen letzten Blick zu. Passend zum Anlass und zum Zweck ihres Besuchs gekleidet – Madame hatte ja so recht, richtig gekleidet hatte man viel weniger Angst vor dem, was da kam.

»Daisy, mein grünes Licht.«

In einem ganz offensichtlich in London maßgefertigten, hellen Abendanzug betrat Alistair den Salon, und wie immer musste Daisy bei seinem Anblick lächeln. Er war einfach so vollkommen elegant. Sie erinnerte sich noch genau, wie sie ihn das erste Mal auf einem Gartenfest gesehen hatte. Alle anderen jungen Männer hatten laut über irgendeinen Witz gelacht, Alistair aber hatte nur nachdenklich die Stirn gekraust.

»Geht es dir besser?« Der Blick seiner grauen Augen verweilte einen Moment unsicher auf ihrem Kleid. »Du siehst ein bisschen ... bitte verzeih mir die Frechheit ... eben ein bisschen angeschlagen aus.«

Verflixt, daran hatte sie nicht gedacht, er würde ihr Aussehen auf ihre Sommergrippe schieben! Alistair verstand nichts von Kleidern, vermutlich hielt er dieses ganz und gar scheußliche Kleid einfach für eine neue Mode.

Vor Schreck über diese Erkenntnis wurde Daisy heiß und kalt gleichzeitig. Er würde sich dadurch nicht von seinen Plänen einer Verlobung abhalten lassen.

»Ich fühle mich eigentlich sehr gut, obwohl ja heute Montag ist«, versuchte Daisy zu retten, was zu retten war. »Montags sollte man nie wichtige Entscheidungen treffen, das tut man einfach nicht. Das gehört sich schlicht nicht. Schon meine Großmutter sagte immer: Montags nie!«

»Ach«, murmelte Alistair und musterte sie leicht verblüfft. »Davon habe ich noch nichts gehört. Sollen wir das Essen heraufbringen lassen? Ich möchte dich nämlich etwas Persönliches fragen, und dabei wäre es mir lieber, nicht das halbe Ritz als Publikum zu haben.«

»Ich würde eigentlich lieber im Salon essen«, wandte sie etwas kläglich ein. »Oder noch besser: Wir essen gar nicht und gehen ins Kino? Ich hätte große Lust auf Kino!«

»Du weißt doch, dass ich Kino nicht mag.« Jetzt klang Alistair gleichermaßen verwirrt wie ungehalten. Er konnte es nicht leiden, wenn man sich seine Vorlieben und Abneigungen nicht merkte. »Und du müsstest auch langsam wissen, dass ich den Speisesaal hasse, aber sie haben ganz zauberhafte Himbeeren, ich hatte heute schon zum Frühstück und zum Mittag welche mit Vanillerahm, und ich würde sie auch zum Nachtmahl nicht verschmähen.«

»Ich glaube, Himbeeren wären gut«, befand Daisy, obwohl ihr Magen sie schmerzhaft daran erinnerte, dass sie seit dem Frühstück nichts mehr gegessen hatte. Himbeeren waren wenigstens schnell gegessen. »Es tut mir sehr leid, dass ich mich verspätet habe, aber meiner Tante ging es nicht gut.

»Ihr ist in letzter Zeit öfters nicht wohl. Vielleicht sollte sie ein paar Tage zur Kur?« Nachdenklich zündete er sich eine Zigarette an. »Oder vielleicht ein längerer Aufenthalt in den Bergen? Die reine Luft würde ihr vielleicht guttun. Aber Europa ist im Moment eben etwas unsicher, wer weiß, wie sich die unerfreuliche Situation in Deutschland entwickelt.

Wahrscheinlich reichen Tante Melanie auch ein paar Tage auf dem Land. Ein bisschen Schlaf und gutes Essen wirken Wunder.«

Daisy sah in die Spiegelung seiner grauen Augen, und es schnürte ihr die Kehle zu. Es war alles so verlogen, so oberflächlich und hohl.

»Meine Tante trinkt«, stellte sie fest, und mit Vergnügen bemerkte sie, wie sich Entsetzen in seinem Gesicht ausbreitete. Das konnte man doch nicht so offen sagen! Und weil sie gerade so schön in Fahrt war, sprach Daisy einfach weiter: »Sie braucht keine Luftveränderung. Sie braucht eine Scheidung. Wusstest du, dass mein Onkel sie seit Jahren betrügt?«

»Nun ja, also ... ich kenne sie ja nicht so gut, und auch dein Onkel ist mir nur flüchtig vertraut, aber wie dem auch sei, dein Vater hat mir geschrieben«, druckste Alistair peinlich berührt herum. »Er möchte, dass ich spätestens im Oktober bei ihm in der Kanzlei anfange. Deshalb wollte ich heute auch mit dir sprechen.«

»Ich freue mich für dich!«, rief Daisy aus und stürzte hinüber zum mit grüner Seide bespannten Sofa. Da lag der aufgeschlagene *New Yorker*. Jetzt kam es drauf an: »Hast du diese Kurzgeschichte schon gelesen, *Zweimal Ostern*?«

»Meinst du die über den Iren mit dem erschossenen Bruder?« Alistair wirkte verblüfft, aber einem Gespräch über Literatur konnte er nie widerstehen.

»Ich fand vor allem die Frau sehr gut beschrieben. Man hat Mitleid mit ihm, aber man kann auch sie gut verstehen.«

»Wirklich?«

»Ja, natürlich. Sie liebt diesen jungen Mann vielleicht, aber es ist vollkommen egal, wen sie liebt oder was sie will. Sie hat keine Wahl, so etwas ist in ihrer Gesellschaftsschicht nicht vorgesehen. Ich fand sie als Figur sehr glaubhaft. Ich meine, ich würde auch lieber hierbleiben, als nach Savannah zurückzugehen. Ich wäre gern Maler geworden oder Komponist, aber ich hatte nie eine Wahl. Mein Weg ist vorbestimmt von der Wiege bis zur Bahre. Es ist ganz egal, was ich will, oder? Ich bin ein Fraser aus Louisville, und deshalb gehe ich nach Savannah in die Kanzlei deines Vaters.«

Nun war es Daisy, die ihn nachdenklich musterte. Sie hatte sich nie weiter Gedanken darüber gemacht, was Alistair vom Leben wollte. Oder warum er nach New York zum Studium gegangen war – ihr hatte es damals gut gepasst, weil es ihr eine Ausrede geliefert hatte, auch nach Manhattan zu ziehen. Aber seine Beweggründe hatten sie nie interessiert. Vielleicht gab es irgendwo in Alistairs Leben auch eine Tankwartin oder gar einen Tankwart?

Vielleicht hatte Alistair gar nicht jeden Abend allein in seiner Suite gesessen und Juristisches studiert? Vielleicht gab es irgendwo einen Menschen, der sich gerade die Augen ausweinte, weil Alistair Fraser eine andere heiraten musste?

Aber das war egal, denn er war offensichtlich entschlossen, den ihm vorbestimmten Weg nicht zu verlassen. Er nahm Daisy den *New Yorker* aus der Hand und sagte feierlich: »Ich muss dich etwas fragen, mein grünes Licht.«

»Ich dich auch«, entgegnete Daisy schnell und strahlte ihn an. »Ich habe die Geschichte nämlich nicht fertiggelesen. Wie geht sie denn aus?«

»Die im *New Yorker*? Ja, also ...« Alistair brauchte einen Moment, um sich zu sammeln, doch dann erklärte er: »Ich fand das Ende sehr schön. Ein bisschen unrealistisch vielleicht, aber dafür ist es ja eine Geschichte. Die beiden treffen sich zufällig, und sie hat wieder diesen Hut auf, allerdings diesmal nicht mit Flieder, sondern mit Veilchen, und dann sagt er: *Ich glaube, es ist Zeit nach Hause zu gehen. Der Weg ist lang.*« Alistair lächelte verträumt. »Etwas kitschig ist es schon.«

»Ich finde es schön. Ich wünschte, es würde so enden«, bekannte Daisy, und dann fuhr sie Alistair mit dem Handrücken über die Wange. »Ich muss leider los. Ich habe keine Zeit mehr für die Himbeeren, aber ich hoffe, du hast jemanden, mit dem du sie essen kannst.«

»Nein, ich muss dich doch was fragen. Es ist dringend«, erklärte Alistair mit Verzweiflung in der

Stimme. »Ich muss im Oktober bei deinem Vater in die Kanzlei, und um neun Uhr ruft meine Mutter an und will wissen, wann sie die Verlobungsanzeige in die Zeitung setzen soll. Was soll ich ihr denn sagen? Daisy, lauf nicht weg!«

»Geh einfach nicht ans Telefon«, riet Daisy, schon in der Tür, auf dem Flur jedoch drehte sie sich noch einmal um und rief: »Behaupte am besten, du hättest eine Sommergrippe.«

KAPITEL 12

Die Metropolitan Opera war ein üppiger Traum aus Kronleuchtern und Stuck, Marmor und Gold, die Logenplätze in immer abenteuerlicheren Höhen und für immer abenteuerlichere Preise, am Pult ein schmaler, blasser Wiener Jude: Artur Bodanzky. Ob auch er an Moskau dachte, an die Unterhändler der Briten und an die der Nazis, wie sie Stalin schmeichelten und lockten?

Nein, er dirigierte ungerührt dort unten, führte gewohnt elegant und doch schnell durch den Sängerkrieg auf der Wartburg. Das Publikum lauschte hingerissen, die Augen geschlossen, die Köpfe auf die Schultern gesunken.

War Valentina der einzige Mensch, der sich nicht

von den Tönen in zauberische Welten entführen ließ?

Ein verträumtes Lächeln umspielte Georges Mundwinkel, sein neben ihm sitzender Geschäftspartner hatte ein dümmliches Grinsen im Gesicht wie sonst nur bei steigenden Aktienkursen.

Versuchsweise schloss Valentina die Augen, machte sie aber sofort wieder auf. Das Klicken der Kameras verfolgte sie, dazu noch immer der Nachgeschmack jener grässlichen Kurzgeschichte, die Mercedes ihr vorgelesen hatte. Sie wollte aufwachen, aber der Alptraum dauerte fort und fort.

Auf der Innenseite ihrer Lider schien das Schloss Schwalbennest eingebrannt, stolz die Steilküste der Krim überragend. Die Spitztürmchen, die Erkerchen, der vor dem stahlblauen Himmel finstergraue Stein der wuchtigen Mauern. Stand es noch? Oder war es längst zerstört worden.

In ihrer Erinnerung war es ewig Sommer, das Schwalbennest ewig unversehrt, unschuldig, noch ahnte es nichts von jenen Sommer und dem Kriegsausbruch. Oder hatte nur das Kind Valentina nichts geahnt?

So glücklich, weil die Eltern glücklich darüber waren, sie und die Schwester zwei Wochen am Meer zu wissen, bei Nonnen, mit zwei warmen Mahlzeiten täglich und zu Hause zwei Essern weniger.

Fast konnte Valentina die Hitze und das Salz des

Meeres wieder auf der Haut spüren, die Nonnen sittsam in ihrer strengen Tracht und scheinbar doch nicht schwitzend. Nicht lächelnd, aber immer mit gütigen Augen auf die ihnen anvertrauten Kinder blickend: Atmet die Seeluft, füllt eure Lungen auf Vorrat. Das schützt vor den Fabrikdämpfen, in die ihr bald wieder heimkehren müsst.

Und die Hand ihrer Zwillingsschwester in ihrer, ganz fest hielt sie die kleinen Finger, Heimweh hatte sie, obwohl es doch schön war, der Papa fehlte ihr so, sein dröhnendes Lachen und wie zauberisch schwindelig es einem wurde, wenn er einen packte, gerade wenn man sich in Sicherheit wähnte, listig von hinten, und schon hatte man keinen Boden mehr unter den Füßen, flog, wirbelte im Kreis, wurde schließlich an die breite Brust gepresst.

Der Geruch nach Stiefelleder, nach Rauch und Zigaretten, nach Kefir und Roter Bete, nach zu vielen Menschen auf zu engem Raum. Am Meer hatte sie ihn vermisst, wie ihr in dem luftigen Schlafsaal auch die Wärme der Schwester, das Schnarchen von Vater und Onkel, das gurgelnde Stöhnen der Mutter fehlte. Und wieder zu Hause, da hatte sie den Blick auf die Burg Schwalbennest vermisst, und ihre Schwester hatte sie für sie gemalt. Der Papa, schon in Uniform, hatte rasch noch einen Rahmen dafür geschnitzt, aber beides war verloren gegangen, nur die Skizze hatte überlebt.

Valentina hätte sie mitnehmen sollen! Was nützte das Bild ihr nun, wenn es in ihrer Schreibtischschublade lag?

Am liebsten hätte sie wenigstens nach ihrem Taschenspiegel gegriffen, nur ein rascher Blick, nur eine rasche Versicherung, aber George sah schon jetzt grimmig zu ihr herüber, offenbar merkte er, dass sie sich nicht auf die Musik konzentrierte, und so flüsterte sie: »Ich bin gleich wieder da.«

Nur raus, nur weg, allein sein.

Leise ließ sie die mit Teppich gepolsterte Tür hinter sich zufallen, ein Schmatzen, und sie stand im Gang.

Leere.

Stille.

Tief durchatmen. Ihr war, als wäre sie nach langer Zeit unter Wasser wieder an die Oberfläche gekommen. Keine anderen Menschen, keine Männer, kein George.

Keine Blicke.

Fast übermütig leicht wurde ihr ums Herz.

Valentina blickte sich verstohlen um, der schachbrettartig gefliese Gang lag verlassen, vollkommen menschenleer. Sie lauschte, und als sie ganz sicher war, allein zu sein, schlüpfte sie aus ihren maßgeschneiderten schwarzen Lackpumps, nahm Anlauf und schlitterte auf ihren sündhaft teuren Seidenstrümpfen die ganze Strecke bis zu den Waschräumen und gleich noch einmal wieder zurück.

Diesmal mit einer eleganten Pirouette – ein Gefühl wie in Paris, wie der Geruch nach noch unberührtem Stoff, wie …

Da hörte sie ein Lachen, kehlig und doch seltsam feminin.

Aus dem Waschraum war eine Frau getreten – warum gerade in diesem Moment?

Da stand sie, Georgiana, ihre Schwester, in einem schwarzen Samtkleid, am Saum schon ein wenig schadhaft und bei den Knien etwas matt, und sie lachte. Laut und kehlig und fröhlich und ein bisschen von oben herab – voller Freude, die kleine Tina so erwischt zu haben.

Georgiana sah sehr schön aus. Ein bisschen blasser vielleicht als in Valentinas Erinnerung, aber ansonsten ganz normal. Nur war sie eben tot.

Ganz sicher war sie das, Valentina selbst hatte die Gewehrschüsse gehört und gesehen, was sie hatte sehen müssen.

Und Tote standen nicht lachend im Gang der Metropolitan Opera herum.

Georgiana musste also ein Geist sein. War sie gekommen, um Valentina zu holen? Nein, ihre Phantasie spielte ihr Streiche.

Schon klackerten ihre Absätze über den Marmorboden, klackerten auf Valentina zu. Klack klack klack.

Valentina reagierte nicht, sie schrie nicht, sie rannte nicht fort.

Sie hatte zu lange gekämpft und geschrien.
Sie war der Flucht und des Kampfes müde.
Ohne einen weiteren Laut brach sie zusammen.
Im Saal brandete Applaus auf.

KAPITEL 13

Daisy vermied Harlem grundsätzlich, wann immer es ihr möglich war.
Sie wollte an die Hoffnung und den Aufschwung und den anhaltenden Frieden glauben.

Denn wenn sie es nicht tat, warum unternahm sie dann nichts. Vielleicht war sie einfach zu weichherzig – weil sie eine Frau war, und genau aus diesem Grund hatten Frauen ja auch in der Politik nichts verloren, da wurde Daisys Vater gerne grundsätzlich.

Und doch stand Harlem für so vieles, was Daisy als falsch empfand.

Es kam ihr nicht richtig vor, dass Ella Fitzgerald and her famous Orchestra vor einem vollständig weißen, aus besseren Stadtteilen angereisten Publikum auftrat, während sich die Anwohner die Karten nicht leisten konnten. Im Small's Paradise verlangten sie allein schon vier Dollar nur für den Tisch! Und oft mussten die Bewohner Harlems schon wegen ihrer Hautfarbe draußen bleiben, wie im Cotton Club, wo Schwarze nur auf der Bühne oder in der Küche geduldet wurden.

Und wann immer sie mit Katej und der ganzen Meute zum Tanzen in den Savoy Ballroom ging – ein Etablissement, das sich damit rühmte, allen New Yorkern offenzustehen –, da sah Daisy es wohl: die billigen Stoffe, aus denen die Tanzkleider der Mädchen waren, die Kunstseide der Strümpfe, vor allem aber die hinter der fröhlichen Lebenslust, dem lauten Lachen lauernde berechtigte Wut.

Nein, Daisy kam nicht gern hierher, obwohl es sich nun blank geputzt im roten Abendlicht sehr hübsch präsentierte.

Bunt und laut, aus den weit geöffneten Fenstern quoll das Leben auf die 125th Street, ein Mann sang *A Tisket a Tasket*, trotz der vorgerückten Stunde rannten immer wieder Kinder an Daisys Taxe vorbei, barfuß und mager. Und als ihr Wagen vor dem Restaurant des Harlem Book Circle hielt, da fragte ihr Chauffeur: »Soll ich Sie reinbegleiten, Miss? Die Gegend ...«

Daisy schüttelte höflich den Kopf und machte einen tapferen Schritt aus der trockenen Hitze des

Wagens hinaus in die schon wieder aufsteigende feuchte Schwüle.

Sie hielt ihre Tasche sowie ihre leichte Strickjacke in der Hand, und als sie auf die weit geöffnete Tür des Restaurants von Mrs. Crossini zuging, versuchte sie, nicht daran zu denken, dass allein die Jacke vermutlich mehr gekostet hatte, als eine fünfköpfige Familie hier in der Woche zum Leben hatte. Eine ganze Lebensarbeitszeit hätte hier gerade so ausgereicht, um ein Reisekleid bei Valentina Schlee zu erwerben – von einer Galarobe ganz zu schweigen.

»Einmal, Miss? Macht fünfzehn Cent«, erklärte der kleine Junge an der Tür und streckte die Hand aus. »Hat schon vor einer Weile angefangen, aber Sie haben noch nicht viel verpasst.«

Daisy widerstand dem Drang, dem Kind einen Dollar in die Hand zu drücken, stattdessen lächelte sie es an und sagte schlicht: »Danke«

»Sie diskutieren noch das Buch der Woche«, rief der Junge ihr nach.

Das Buch der Woche war fester Teil des Harlem Book Circle – bei Spaghetti mit Hackbällchen, Knoblauchbrot mit gegrillter Aubergine, über Sirupkuchen und Pastrami Sandwich sprach man hier voll Ergriffenheit über Faulkners *Licht im August*, stritt recht heftig über die Qualität von Hemingways *Das kurze glückliche Leben des Francis Macomber* und befand *Manhattan Transfer* einhellig für unlesbar. Gegen Margret Mitchells *Vom Winde verweht* entschied man sich grundsätzlich – das war eine Frage der Pietät gegenüber den vielen Schwarzen Mitgliedern. Einig war man sich hingegen bei der Begeisterung für Dickson Carrs Philo-Vance-Krimis und natürlich für die in Harlem märchenhaft exotisch wirkenden Agatha Christie. Ob es in England tatsächlich so zuging?

Heute war das Thema des Abends *Mord im Orientexpress*, ein kleiner fülliger Herr stand gerade am Rednerpult, schwitzte stark und erklärte, warum er die Auflösung geradezu genial fand.

Daisy ließ ihren Blick schweifen, suchte Katej, Freddy und vielleicht, ganz vielleicht auch Christopher.

Der Raum war gerammelt voll, von Mobstern mit vor Brillantine glänzendem Haar bis zu wohlanständigen Damen im Sonntagskleid mit gestärktem Kragen war hier alles zu finden. Lesen verband.

»Mich begeistert vor allem, dass es so echt ist. So wie bei der Lindbergh-Entführung«, rief der kleine Herr gerade, und da fiel Daisy plötzlich ein, woher sie Mrs. Roosevelts Begleiterin gekannt hatte. Natürlich! Die Entführung des Babys von Charles Lindbergh – daher war ihr der Name Hickock so bekannt vorgekommen. Sie war die einzige Journalistin gewesen, die darüber berichtet hatte. Sehr kritisch hatte sie den sonst allgemein bemitleideten Nationalhelden Lindbergh betrachtet, und sehr, sehr fraglich hatte sie die Schuld des überführten Täters gefunden.

Es musste herrlich sein, sich so etwas zu trauen. Kritische Gedanken nicht nur heimlich für sich zu hegen, sondern sie mutig mit allen zu teilen. Seht her, das ist meine Meinung, und wenn sie euch nicht passt, ist das euer Problem.

Nur Daisys Meinung interessierte leider niemanden, ihre Tante ignorierte sie einfach, und Alistair, ja, der ging schlicht davon aus, dass ihre Meinung schon mit seiner übereinstimmen würde.

»Daisy! Hier drüben!«, kreischte Katej von der Empore herunter, und der kleine, schwitzende Herr unterbrach seine wortreiche Begeisterung für einen Moment missbilligenden Schweigens. Daisy aber blickte zur Empore, und da standen sie: Katej, Freddy und etwas abseits, blond und sommersprossig, Christopher Flanagan.

KAPITEL 14

ie träumt nicht. Nie.«

George Schlee setzte sich etwas zögerlich in den Louis XVI.-Sessel neben das Bett seiner Frau.

Der Arzt klappte seinen eleganten schwarzen Koffer zu, warf die Spritze lässig in die Silberschale auf dem Nachttisch, strich noch einmal mit seiner feingliedrigen weißen Hand über die Bettdecke, dann erklärte er: »Morgen ist Ihre Gattin bestimmt wieder gesund. Eine Nacht voll Schlaf und diese ganze Hysterie ist wie weggeblasen. Ich erlebe das im Moment öfter. Das ist die Hitze, und – Sie erlauben mir die Bemerkung – es ist für Frauen unserer Schicht einfach nicht gesund zu arbeiten. Es ist eine Frage der Konstitution.«

George Schlee machte eine vage Geste mit dem Kopf. Man konnte sie wohl als Zustimmung verstehen, und das tat der Arzt auch.

»Danke nochmals, dass Sie sofort gekommen sind. Ich war in großer Sorge. Schon der zweite Schwächeanfall an einem Tag.«

»Wenn sich Derartiges häuft, sollten Sie doch über eine kleine Erholung nachdenken.«

George Schlee machte wieder jene vage Geste, in die jeder hineinlesen konnte, was er wollte. Beim Gedanken daran, mit einer Horde schlecht gekleideter, schwitzender, Hotdogs essender Amerikaner am Strand von Coney Island zu sitzen, wurde ihm ganz schwach. Und die Hamptons hatten ihm auch noch nie zugesagt – der einzige Ort, der ihm für die Erholung wirklich geeignet schien, war die Krim, und wenn das schon nicht ging, dann vielleicht noch Granada oder Nizza. Beides kam aber wegen der aktuellen politischen Situation überhaupt nicht infrage, von den nervösen Börsenkursen ganz abgesehen.

»Ich danke Ihnen noch einmal von Herzen, Herr Doktor. Juri wird Sie hinausbegleiten. Ich bleibe lieber noch etwas bei meiner Gattin.«

Und wie aufs Wort erschien der treue Juri und führte den Doktor zur Tür.

George Schlee aber löschte die kleine Lampe neben dem Bett, überlegte einen Moment, die dicken Samtvorhänge zu schließen, entschied sich aber dagegen –

Valentina hatte Angst im Dunkeln. Eine grundlose, grenzenlose Kinderangst, seltsam anmutend bei seiner sonst so tapferen, so beherrschten Gefährtin.

Ein Rätsel. Wie so vieles an ihr.

Im Oktober liebte er sie schon zwanzig Jahre, und fast genauso lange kannte er sie auch.

In einem Nerz, darunter ein zerrissenes Ballkleid, und mit einem Koffer voller Diamanten habe er sie in Jalta auf dem Bahnhof getroffen und sofort gewusst, dass sie die Frau seines Lebens sein würde – die Geschichte hatte er so oft erzählt, er glaubte sie inzwischen fast selbst.

Wie schön sie war.

Und wie fremd, noch immer, nach all der Zeit.

Was sah sie in ihm? Warum war sie zwanzig Jahre an seiner Seite geblieben? Nachdem er in Jalta alles verloren hatte, seine militärische Karriere, seinen Reichtum, sein Hotel? Sie war geblieben, auch als er in Frankreich wieder alles verloren und nachdem sie mit ihren Kleidern ein eigenes Vermögen erschaffen hatte. Ein Vermögen aus ihren Träumen aus Stoff. Nicht selten fragte er sich, ob sie überhaupt verstand, wie sagenhaft erfolgreich sie war?

Manchmal kam sie ihm vor wie ein glücksverwöhntes Kind, das die Segnungen des Schicksals mit dem Gleichmut von Selbstverständlichkeit hinnahm. Manchmal ging sie mit dem Lächeln einer Schlafwandlerin durch die Räume ihrer Wohnung, berührte mit schüchternen Fingern die Antiquitäten, die Kunst, die modernen Stücke, all die Trophäen ihres wahnwitzig schnell gewonnenen Reichtums. Da war kein Triumph in ihren Zügen, kein Stolz, ja, nicht einmal Zufriedenheit – und wenn er sie so sah, dann wollte George glauben, was alle sagten: dass sie die Tochter eines Großfürsten war, denn warum sonst hätte sie all diesen Besitz für ihr Recht halten können?

Nie hatte er erfahren, woher sie kam. Erst hatte er nicht gefragt, dann war es zu spät gewesen.

Aber er wusste, dass ihre Diamanten Strass gewesen waren und der Nerz ein Uniformmantel. Wusste er es wirklich? Die Erinnerung verschwamm längst, so oft hatte er Geschichten erzählt.

Seine Mutter hätte er vielleicht fragen können, sie war dabei gewesen, aber sie war längst tot.

Er stand auf, trat an das hohe, fast bis zum Boden reichende Fenster, blickte hinab auf den im Mondlicht träge an ihrem Haus vorbeifließenden Hudson. George hatte Freunde, die meinten, der Fluss gleiche dem von allen russischen Exilanten so schmerzlich vermissten Don, aber das war Unsinn. Nichts glich dem stillen Don.

Ein Lastschiff fuhr draußen vorbei, woher und wohin?

George wandte sich brüsk ab, schüttelte den Kopf.

In den stillen Nachtstunden war er sich selbst oft fremd, denn er war kein Grübler und kein Träumer.

Er war ein Zahlenmensch, der sah, dass es in Europa Krieg geben würde, ganz gleich, wie die Verhandlungen mit Stalin liefen. George kannte ihn persönlich, kannte ihn aus dem letzten Krieg, und niemals würde er sich mit Gesprächen und ein paar Verträgen zufriedengeben. Es verlangte ihn nach Blut, wie es George nach Geld und Frauen verlangte.

Valentinas herrliches Ebenholzhaar fiel ihr ins Gesicht, wie gerne hätte er es zurückgestrichen, doch er wagte es nicht, ihr mit den Fingerspitzen über die weiße Porzellanhaut zu fahren.

Sie hasste es, wenn er sie berührte. Versteinerte unter seiner Berührung und griff doch oft nach seiner Hand.

Manchmal wollte er fast glauben, dass sie ihn liebte, dann wieder wusste er mit vollkommener Gewissheit, dass sie ihn verachtete. Wegen seiner kindischen Liebe zu Geld, seinem schlechten Englisch, wegen seiner Frauengeschichten?

Im Flur klingelte das Telefon und durchschnitt brutal die Stille. George wartete, lauschte den Schritten des aus dem Schlaf gejagten Juri.

Er liebte nächtliche Anrufe, sie bedeuteten immer Abenteuer, manchmal die Rettung und oft Geld.

Nach leisem Klopfen trat Juri herein, fragte flüsternd: »Es ist die Dame, die Mrs. Schlee in der Metropolitan Opera gefunden hat. Sie erkundigt sich, wie es Madame geht.«

George stutzte. Es war mitten in der Nacht, und seines Wissens war Valentina von keiner Dame gefunden worden, sondern von einer zufällig den Gang entlangkommenden Garderobiere.

»Sie meint, sie sei es gewesen, die die Garderobenfrau geschickt hatte. Weil sie nicht wollte, dass es einen Rummel gibt.«

»Aha«, sagte George kühl. Das klang nach jemandem von der Zeitung, von so einem sensationslüsternen Schmierblatt.

»Sagen Sie der Dame bitte, es ist alles in Ordnung. Und sagen Sie ihr, sie soll von nächtlichen Anrufen in Zukunft absehen.«

»Ja, Mr. Schlee.« Juri nickte, doch bereits halb aus der Tür drehte er sich noch einmal um und fragte: »Möchten Sie nicht selbst mit der Dame sprechen? Sie sagt, sie sei Greta Garbo.«

KAPITEL 15

Der Mann neben Katej und Freddy, dort oben auf der Empore über dem wild diskutierenden Harlem Book Circle, war tatsächlich Christopher. Und er blickte stur geradeaus, so als fasziniere ihn wenig mehr als der Redner unten im Saal.

Daisy gab sich einen Ruck. Sie trug ihr neues Kleid. Das vermutlich mit Abstand scheußlichste Kleid, das sie je besessen hatte – das war doch wenigstens einen Blick wert.

Und Katej rief auch gleich statt einer Begrüßung: »Was zur Hölle hast du denn da an?«

Das gab den Ausschlag, da konnte selbst Christopher nicht widerstehen. Er wandte den Kopf ein bisschen. Seine Mundwinkel zuckten verräterisch.

Freddy für seinen Teil musterte Daisy mit Kennerblick und konstatierte: »Ich würde sagen, das ist ein
ausgesprochen appetitliches Kleid. Senfgelb ist immer gut, nur die leckersten Sachen werden mit Senf
garniert. Sandwich, Hotdogs, Hamburger.«

»Und Daisy!«, prustete Katej heraus.

Daisy aber drehte sich mit übertriebener Würde
einmal um die eigene Achse, und mit gekonnter Imitation von Madame Schlee verkündete sie: »Beachten
Sie nicht nur die Farbe, die für sich schon scheuß-
lich ist. Sie schmeichelt auch in keinster Weise dem
Hautton und ist regelrecht grauenhaft zur Haarfarbe
der Trägerin. Die Nähte sind klobig und trotzdem
schlecht gemacht, der Schnitt ist ein Verbrechen. Ich
fasse zusammen: Es ist das perfekte Kleid, um keinen
Antrag zu bekommen.«

»Hauptsache dem Anlass entsprechend gekleidet!«,
ergänzte die Freundin und schlang überschwänglich
die Arme um Daisy. »Hat's auch geklappt?«

»Ich bin mir nicht sicher, wie lange der Frieden
hält – aber zumindest vorläufig bin ich entkommen.
Ein Teilsieg könnte man sagen, war ja auch kein
Kleid von Valentina Schlee.«

»Wenn es ein Kleid von Valentina Schlee gewesen
wäre, hätten wir aber die nächsten Jahre kein Geld
mehr, um auf den Sieg anzustoßen.« Das war das
Erste, was Christopher sagte, und dann ging er schnell
los, um sich zu den Getränken durchzuboxen.

Die Welt raste.

Weit entfernt in einem anderen Stadtteil und durch viele Schicksale getrennt, stand George Schlee in seinem prächtigen Gang, hielt noch immer den Hörer in der Hand und starrte auf seine Notiz auf dem Telefonblöckchen: *Morgen 14:30 Plaza*. Im Nachbarzimmer schlief seine Frau, ruhig und traumlos, denn vielleicht ahnte sie bereits, dass sie bald wach träumen würde.

Aber vielleicht war es auch nur das Schlafpulver?

Weit entfernt saß Tantchen Melanie und zerkleinerte ihr Schlafmittel mit der Rückseite der Bibel, die sie damals zur Trauung geschenkt bekommen hatte.

Viel weiter entfernt quälte sich der hagere Joachim von Ribbentrop von seinem Moskauer Hotelbett, rieb sich die schmerzenden Schläfen und knackte mit den verspannten Schultern, die Matratze war ihm zu weich, und das Leintuch stank weibisch nach Lavendel. Und trotzdem tauschte er mit seinem mitgereisten Boy ein paar Scherzworte über die drückende Moskauer Hitze, den im Vergleich doch viel milderen Berliner Sommer, schlüpfte rasch in das ihm gereichte Sakko, trank das in Kaffee aufgelöste Aspirin in einem Zug, und dann ging er. Trotz der Kopfschmerzen war ihm nach Pfeifen zumute, wie einem Schuljungen, der zur Prüfung marschierte und schon wusste, er würde bestehen. Mit Bravour und Lob vom Ordinarius.

Daisy im fernen New York ahnte von alledem nichts, sie spürte nicht, wie jener heitere, glattzüngige Herr im fernen Moskau ihr Leben und das Leben aller zu verändern im Begriff war. Sie glaubte, ihre Zukunft selbst in der Hand zu haben, und als Christopher arg zerzaust, aber mit vier Flaschen Carlsberg zurückkam, da fiel sie in den lachenden Jubel ihrer Freunde mit ein. Sie wollte nicht an Spanien denken, wohin Christopher nun wohl bald verschwinden würde, und auch nicht an das Gespräch, das Alistair vermutlich mit seiner Mutter geführt hatte.

»Auf das richtige Kleid zum richtigen Anlass«, rief Katej, und Freddy fiel mit ein: »Auf Hotdogs und alles, was sonst Senf tragen kann!«

Christopher aber sagte ernst: »Auf unsere Daisy und die Zukunft.«

Darauf stießen sie ihre Flaschen zusammen, prustend und kichernd. Das Bier war teilweise gefroren und so kalt, es schmerzte von den Zähnen bis zwischen die Brauen.

Daisy trank in kleinen Schlucken, und immer, wenn sie aufsah, blickte sie in Christophers dunkle Augen.

Er sagte: »Wir müssen dann auch gehen.«

KAPITEL 16

Mercedes de Acosta hatte schon lange nicht mehr geschrieben, vielleicht war sie gar keine Schriftstellerin mehr? Vielleicht hatte sie es verlernt, so wie sie verlernt hatte, ihr Herz zu verschenken. Ihr Herz, nicht ihren Körper. Oder hatte sie ihr Herz einfach nur nicht zurückbekommen?

Und auf einmal musste sie laut lachen. Bildlich sah sie es vor sich, ihr kleines und vor Sehnsucht triefendes Herz, eingewickelt in die knittrigen, verblichenen Seiten ihrer beiden ersten Theaterstücke. Und dann sah sie auch, wie diejenige, für die sie diese Stücke geschrieben hatte, für die all das Herzblut geflossen war, diesen tropfenden Klumpen nahm und in den Müll warf.

Sie waren nicht erfolgreich gewesen, obwohl von den Kritikern gelobt. Hochgelobt – daran hielt Mercedes sich fest, und entschlossen spannte sie einen Bogen Papier in ihre Reiseschreibmaschine und schrieb oben links in die Ecke *Seite 1*.

Danach steckte sie sich erst einmal eine Zigarette an, legte ihre noch immer tadellosen Beine über die Stuhllehne, blickte rauchend zum Fenster hinaus.

Mit zwei großen Misserfolgen hatte ihre Karriere damals begonnen, aber den größten Verlust, den hatte sie erst Jahrzehnte später begriffen.

Sie war es gewesen, für die sie jene Stücke geschrieben hatte. Mercedes hätte kämpfen sollen, noch ein Stück und noch eines, die Welt war dumm und taub und wollte nicht auf Anhieb begreifen, sie hätte mehr schreiben müssen, besser, mit noch mehr Einsatz. Aber sie war jung und schön gewesen, und weil das hier New York war, weil es so viele köstliche Chancen gab, war sie zu stolz zum Kämpfen gewesen.

Weil sie die Liebe und die Lust so einfach, zufällig fast, gefunden hatte, hatte sie geglaubt, so würde es für immer sein.

Sie waren schön, ihre Bettgefährtinnen, eine schöner als die andere: Isadora Duncan, die mit fünfzig Jahren jung starb und doch lange ihre älteste Liebhaberin war; die kleine Pola Negri, die ihr selbstgekochtes Bigos und Makówki servierte und manchmal vor Sehnsucht nach Warschau weinte; Marlene

Dietrich, die im Bett Deutsch sprach und nach Kernseife duftete.

An sie alle dachte Mercedes nun, während am Horizont, zwischen den schwarz aufragenden Wolkenkratzern, schon der erste rote Streifen sichtbar wurde.

Und sie dachte auch an die sommersprossigen, blassen, gebräunten, üppigen, schmalen, knochigen und sportlichen Schenkel der Frauen, deren Namen sie längst vergessen hatte, und an die, deren Namen sie hatte verdrängen wollen, allen voran Tallulah Bankhead, die sie öffentlich als »Gräfin Dracula« bezeichnet hatte, immer wieder, nur um kurz darauf betrunken um Vergebung zu winseln, immer wieder.

Ja, Mercedes de Acosta konnte jedem Mann jede Frau abspenstig machen – und darin hatte sie lange Jahre ihren Ruhm gesucht.

Aber sie wurde älter, und niemand hatte der einen je wieder geglichen – am allerwenigsten ihr Gatte.

Beim Gedanken an ihre Ehe stieß sie verdrossen den Rauch durch die Nase und zerrte das Papier wieder aus der Schreibmaschine, zerknüllte es zum Ball, warf es zu all seinen Vorgängern auf den Boden.

Sie hätte eben doch mit Greta in die Oper gehen sollen, es war nicht gut, die Nacht allein zu verbringen, man geriet zwangsläufig ins Grübeln, und das gab Falten.

Aber Greta, der Mensch hinter der Garbo, langweilte sie – wenn sie sprach, dann nur über ihre Krankheiten, ihre Ängste und ihre Nöte, und weiter war Mercedes bis zum heutigen Tag bei ihr nicht gelangt. Und im Ernst, diese Ansammlung von Neurosen und Komplexen war nicht gerade attraktiv.

War auch nicht weiter nötig, Mercedes schlief ja schon mit Valentina, und sie und Greta sahen einander ähnlich wie Schwestern.

Valentina, die mit geschlossenen Augen küsste und mit halb gesenkten Lidern liebte, bei der Mercedes sich manchmal fragte, ob sie überhaupt wusste, mit wem sie eben das Bett teilte. Valentina, die nie lächelte, aber manchmal im Traum aufschluchzte.

Eigentlich lag es an ihr, dass Mercedes nun hier saß, schlaflos, umgeben von leeren und halb leeren Blättern und der Erinnerung an all das, was hätte sein können.

Sie hatte Valentina die Kurzgeschichte aus dem *New Yorker* vorgelesen: *Zweimal Ostern* hieß sie, und diese Geschichte war der Grund für Mercedes' nächtlichen Kummer.

Der junge Protagonist begriff schließlich, dass er etwas tun musste, etwas anderes als nur das reiche Mädchen zu heiraten, denn solange noch sinnlos getötet und gestorben wurde, gab es für sie beide keine Ruhe und kein Glück.

Warum schrieb Mercedes keine solchen Erzählungen und Theaterstücke mehr? Sie war so gut gewesen, von den Kritikern hoch gelobt, besonders für *Joan of Arc*, das zweite ihrer für die Geliebte geschriebenen Stücke.

Aber dann war alles zersplittert, zerbrochen, zerbröselt, und Mercedes' Welt war hohl geworden.

Ein Leben voll oberflächlichen Genusses, eine einzige glamouröse Langeweile, eine banale Aneinanderreihung von eleganten Kleidern, schönen Gespielinnen und Speisen in überteuerten Restaurants – Speisen, die sie oft genug hinterher wieder erbrach, der Figur zuliebe.

Dazwischen hochgestochene Gespräche über Kunst und Politik, genüssliches Schaudern über perlend prickelndem Champagner. Und zum Dessert das neueste Gerücht aus Deutschland: in Lagern gesammelte Juden, totgeprügelte Kommunisten, was eben gerade zum Schokoladensoufflé serviert wurde. Man sah nicht direkt weg, man ließ den Blick darübergleiten, man hätte ja sonst etwas tun müssen.

Draußen vor dem Fenster war es nun fast schon Tag, rosa-pinker Sommerhimmel.

Mühsam stand Mercedes auf, sie musste noch etwas schlafen, heiß würde es wieder werden, und die Garbo hatte sich zum Frühstück angekündigt – als würde sie etwas essen.

Mercedes streckte sich und warf der Schreibmaschine und dem *New Yorker* einen bösen Blick zu. Sie wusste schon, sie würde keinen Schlaf finden, würde sich herumwälzen, und wenn sie etwas von dem herrlichen Zauberpulver nahm, dann würde sie nicht rechtzeitig wach sein, wenn die Garbo käme.

Dabei hatte sie früher oft nächtelang Seite um Seite gefüllt, und vor dem Klingeln der Milchmannglocke hatte sie der Geliebten noch geschrieben, einen kleinen Gruß, einen kleinen Brief für nach dem Aufwachen. Und das waren Briefe, kein ödes Landschafts-Hypochondrie-Gesülze, wie die Garbo es ihr schrieb. Flammende Briefe, Brandbriefe waren es gewesen, und oft genug hatte die Geliebte sie nach der Lektüre geweckt.

Und ganz plötzlich wusste Mercedes, was und wem sie schreiben musste.

Rasch griff sie nach einem herumliegenden Bleistift, nach einem nur wenig beschriebenen Papier, strich es zweimal glatt und warf hastig die Worte hin. Es wurde ein langer Brief, viel länger als all die Briefe, die sie sonst an die Garbo oder ihre Freundinnen schrieb. Kaum hatte sie ihn fertiggestellt, da spürte Mercedes eine köstliche Müdigkeit in sich aufsteigen, eine Kindermüdigkeit, die ruhigen traumlosen Schlaf versprach. Kaum schaffte sie es noch, dem Mädchen den Umschlag für die Post hinzulegen, dann kuschelte sie sich schon auf ihre Chaiselongue und versank.

Sie träumte von ihr.

KAPITEL 17

Es hatte doch etwas abgekühlt, vielleicht hatte es noch einmal geregnet? Die Luft schien Daisy reiner als vor dem Betreten des Harlem Book Circle, aber vielleicht war das auch nur Einbildung. Vielleicht kam es ihr nur so vor, weil sie jetzt wieder neben Christopher herlief – zum ersten Mal seit ihrem Streit vor zehn Tagen.

Von überall her drang nun Musik, *Putting on the Ritz*, *The Flat Foot Floggie* und viel Schwarzer Jazz.

Trotz der späten Stunde waren zahlreiche Nachtschwärmer unterwegs, laut lachend, auf hohen Hacken eilig dem Vergnügen oder nur dem Vergessen nachhetzend, wechselten sie noch einmal das Tanzlokal, die Bar oder den Begleiter, manche vor Trunkenheit taumelnd, andere vor Erschöpfung und Müdigkeit. Die Tage waren lang hier in Harlem, überhaupt in ganz Manhattan, der Spaß hatte seinen Preis, nichts war umsonst, und Geld verlangte nach Schweiß, der Traum vom Reichtum ohne Mühe war mit der Aktienblase geplatzt.

But ain't we got fun?

Manchmal strich Christophers Handrücken wie zufällig an ihrem entlang, manchmal berührten sich auch ihre nackten Arme.

Plötzlich gab es viele Frauen ohne männliche Begleitung, allein oder in kleineren Gruppen standen sie beisammen, zeigten den Passanten betont desinteressiert ihre strumpflosen Beine, schwenkten ihre wohl gerundeten Hüften, präsentierten im Laternenlicht üppige Dekolletés.

Etwas abseits im Schatten standen dann doch Männer, breit, in Hemdsärmeln und mit Hosenträgern, manchmal war im Schein einer aufleuchtenden Feuerzeugflamme einen Wimpernschlag lang das metallische Glänzen eines Pistolengriffs zu sehen.

Noch immer huschten vereinzelt Kinder durch die nächtlichen Gassen, tauchten kurz zwischen den Lichtinseln auf, verschwanden sofort wieder im Dunkeln.

Daisy wusste, dass es sich dabei fast ausschließlich um kleine Taschendiebe handelte, Waisen oder von den Eltern Zurückgelassene, von den Straßengangs mit unbarmherziger Strenge zum Stehlen ausgebildet.

Und dazwischen, von unsichtbaren Händen an die Litfaßsäulen geklebt: das überirdisch schöne Gesicht der Greta Garbo, mal von unten der Welt entrückt nach oben blickend, mal melancholisch ins Nirgendwo starrend, vor allem aber: lachend.

»Der neue Garbo-Film kommt«, bemerkte Christopher, und einen Moment lang hing der Satz seltsam verloren zwischen ihnen. Es gab so viel zu sagen, aber dieses schöne Gesicht schien so unvermittelt auf allen Flächen zu erscheinen, dass Daisy erwiderte: »Sie sieht meiner Chefin unheimlich ähnlich. Die beiden könnten Zwillingsschwestern sein.«

»Vielleicht sind sie es? Das hier ist New York, hier ist alles möglich. Schau, da ist sogar eine leere Taxe, du schaffst es also pünktlich nach Hause.«

Und dann pfiff er dem Automobil, dessen Chauffeur eine Vollbremsung hinlegte, weil einer der bisher unsichtbaren Plakatkleber plötzlich vor seiner Motorhaube auftauchte. Daisy zögerte, denn sie war sich sicher, dass ihre Tante heute nicht auf die Uhr sehen würde, aber ihr taten die Beine weh, und sie hasste die nächtliche Subway, bei Dunkelheit schien sie noch schlimmer nach Schweiß, Urin und Erbrochenem zu stinken.

»Ich zahle«, bestimmte sie deshalb, während sie sich auf den Rücksitz fallen ließ. Unangenehm kalt und klebrig fühlte sich das Leder des Bezugs durch den dünnen Stoff ihres Kleides an. Es war eben doch ein billiges Stück gewesen.

»Weißt du was? Ich mag dein Kleid«, bemerkte Christopher, als hätte er ihre Gedanken gelesen. »Es ist zwar wirklich grässlich, aber irgendwie ist es das vollkommene Kleid für dich.«

»Willst du mir damit sagen, dass ich grässlich bin?«, neckte sie ihn – so froh, wieder mit ihm lachen zu können. Und vielleicht war das mit Spanien ja auch gar nicht ernst gemeint? Vielleicht hatte Katej am Ende gar etwas falsch verstanden?

»Ein grässliches Kleid für grässliche Frauen? Sie machen sehr seltsame Komplimente, Mr. Flanagan.«

»Nein, ich wollte damit nur sagen, dass ich deine Idee gut fand. Ein scheußliches Kleid anzuziehen, um Mr. Fraser zu verjagen. Oberflächlichkeit ist Trumpf.« Und nach ihrer Hand greifend, fuhr er grinsend fort: »Aber ein bisschen dumm war's auch. Und ein bisschen verrückt. Kein Mann verlässt seine Frau, weil sie ein senfgelbes Kleid trägt. Du arbeitest zu viel mit Madame Schlee.«

Daisy nickte.

»Diese Arbeit verdirbt einen gründlich. All die wertvollen Materialien, all die kunstvollen Entwürfe. Es sind tatsächlich Kleider, die schöne Frauen machen – natürlich nicht nur. Eine schöne Frau wird auch in einem unvorteilhaften Rock noch schön sein, aber eine hässliche wird in einem Kleid von Valentina schön.«

»Ich glaube, es gibt gar keine hässlichen Frauen. Nur solche, die sich selbst nicht mögen, und wie soll ein anderer etwas verehren, das man selbst nicht leiden kann?«

»Auf dieser Theorie kannst du aber keine erfolgreiche Modeboutique aufbauen«, wandte Daisy lachend ein, und einen Moment lang war einfach alles gut.

Vor dem Fenster zogen bunte Lichter vorbei, der Chauffeur hatte eine Fotografie des Zaren neben sein Lenkrad geklebt und pfiff eine melancholische Melodie, die vielleicht ein russisches Volkslied war, vielleicht aber auch nur Ausdruck seiner Gefühle darüber, nachts fern der Heimat fremde Menschen herumkutschieren zu müssen.

Und in diese Stille hinein platzte Christopher plötzlich heraus: »Ich muss dir ganz dringend noch etwas sagen. Ich gehe als Kriegsreporter nach Spanien. Schon am Donnerstag.«

»Aber der Krieg in Spanien ist doch eigentlich vorbei.« Das war alles, was Daisy darauf einfiel. Katej hatte also doch recht gehabt. Christopher würde nach Spanien gehen. Er wollte das wirklich machen – auch jetzt noch, wo sie ihrer Verlobung schon fast ausgewichen war.

»Der Krieg ist eben nicht vorbei. Nur die Aufregung darüber, die ist vorbei. Es ist nicht mehr schick, nach Spanien zu gehen, man bekommt nicht länger einen fetten Leitartikel für die Berichte. Hemingway, Orwell, Gellhorn, sie sind alle wieder zu Hause, aber dort unten wird immer noch gefoltert und gemordet.« Er zuckte hilflos die Schultern. Ganz fest hielt er Daisys Hand, er schien zu fürchten, sie könne sie wegziehen. »Du hast mich darauf gebracht, um ehrlich zu sein. Weil du so wütend warst, weil ich deiner Meinung nach nicht genug Interesse für die Motive des Mädchens in *Zweimal Ostern* aufgebracht habe. Du hast mir vorgeworfen, ich würde es mir leicht machen. Und du hattest recht damit. Wir machen es uns hier alle sehr leicht. Europa ist weit weg. Und wenn wir Berichte aus Deutschland hören, dann wollen wir sie für erfunden halten. Es ist so viel einfacher wegzuschauen. Und das ist meine Chance, etwas beizutragen. Ich würde keinen guten Soldaten abgeben, ich würde bei jedem Schuss nur daran denken, dass mein Gegenüber vielleicht einen kleinen Bruder und ganz sicher eine Mutter hat, dazu tauge ich nicht. Aber Schreiben kann ich, und so kann ich vielleicht wenigstens darauf aufmerksam machen. Dafür sorgen, dass die Menschen in Spanien nicht einfach vergessen werden, ihr Leiden in unseren Köpfen nicht von der neuesten Katastrophe verdrängt wird.«

Daisy nickte einige Male stumm. Das war zu viel auf einmal. Langsam sagte sie: »Aber das ist gefährlich.«

Sie kam sich sehr dumm und egoistisch dabei vor, doch das war tatsächlich das, was sie am meisten beschäftigte.

»Na ja ...« Wieder zuckte er die Schultern, gestand dann leise: »Ich habe auch ziemlich Angst, andererseits haben die vermutlich alle.«

»Ja, vermutlich«, sagte Daisy nüchtern. Voller Scham dachte sie an sich selbst, wie sie die Zeitungen stets nur hastig überflog, wenn sie den Neuigkeiten denn gar nicht aus dem Weg gehen konnte.

Aber was konnten sie schon ändern? Und vielleicht war es für die Deutschen und die Spanier ja auch gar nicht so schlimm – die waren ganz anders erzogen und aufgewachsen.

Daisy schüttelte den Kopf. Mensch blieb am Ende Mensch, und niemand wollte sein Zuhause verlieren, in der Angst leben, geprügelt, gefoltert und ermordet zu werden.

»Ich weiß, Spanien ist von New York weit entfernt, aber von Berlin aus ist es nah, und ich schwöre dir, wenn ich Hitler wäre, ich würde mir genau ansehen, wie die Welt sich dem Faschisten Franco gegenüber verhält. Ich will etwas tun, bevor es zu spät ist, auch wenn es lächerlich wenig ist.«

Christopher sah sie direkt an, und Daisy wusste, sie musste ihm sagen, er solle bei ihr bleiben.

Er begann gerade hier in New York mit seinen Kurzgeschichten Fuß zu fassen, und sein ältester Bruder war schon vor Jahren gestorben, dachte er denn nicht an seine Mutter?

Und was war mit ihr?

War sie nicht Grund genug, hierzubleiben? Doch wenn jeder wartete, dass der andere etwas unternahm, dann würden die Bösen über die Gleichgültigen regieren.

Aber sie wollte, dass er hier bei ihr blieb. Nur war es wieder einmal ganz egal, was sie wollte. Die Frage war nur, wie sie damit umging. Seine Hand drückend, flüsterte sie: »Es ist sicher eine gute Entscheidung.«

Sie kam sich albern vor, aber ihre Augen füllten sich mit Tränen. Draußen waren schon die ersten ihr wohlvertrauten Gärten und Häuser zu sehen.

»Nein, im Ernst. Du bist jung und schreibst gut – wer, wenn nicht du?«

Und dann schwiegen sie beide, sahen zum Fenster hinaus. Es war nicht schön, so wie es war. Aber es war das Richtige, daran musste sie glauben, daran musste sie sich festhalten. Christopher würde nicht ihretwegen in New York bleiben, das war klar – aber würde sie auch ohne Christopher hierbleiben?

Der Wagen wurde langsamer, blieb dann stehen.

»Da wären wir«, sagte Christopher, und Daisy nickte.

»Da wären wir also.«

Was gab es auch sonst noch zu sagen? Einen Moment lang saßen sie stumm nebeneinander, dann legte Daisy den Finger an die Lippen und sagte leise: »Meine Tante schläft fest, und mein Onkel ist nicht da. Ich lasse die Tür offen.«

Mit einer abwehrenden Geste signalisierte sie Christopher, ihr nicht beim Aussteigen behilflich zu sein, reichte dem Fahrer einen lächerlich großen Schein und bat: »Fahren Sie ihn bitte, wohin er will.«

Ohne auf die Überraschung im Gesicht des Chauffeurs zu achten, lief sie mit hastigen Schritten zur Veranda.

Der im Mondlicht hell leuchtende Kies knirschte unter ihren Füßen, Blätter rieben leise raschelnd aneinander, und dann sprang hinter ihr der brummende Motor des Wagens wieder an. Mit zitternden Fingern griff sie in ihre Handtasche, fand den Schlüssel sofort, drückte ihn ins Schloss, riss die Tür auf, schloss sie mühsam beherrscht, und erst dann erlaubte sie sich, wimmernd auf dem Teppichboden zusammenzubrechen. Doch nur einen Moment lang, dann lauschte sie auf Schritte. Noch war alles still.

KAPITEL 18

Ich will allein sein.«

Valentina Schlee hob abwehrend die Hände.

»Keine Anrufe. Ganz besonders nicht von Madame de Acosta. Und auch sonst von niemandem.«

Das Dienstmädchen nickte und huschte geräuschlos aus dem Schlafzimmer. Ein bemerkenswert geschmacklos eingerichteter Raum, wie Valentina wieder einmal befand. Spätes Zarenreich, Gold und grüner Samt und Troddel und Stickereien. George und ein berühmter russischer Innenarchitekt hatten es gemeinsam verbrochen – wobei Georges eigenes Schlafzimmer fast noch grauenhafter, weil noch überladener geraten war. Er hatte eines nie begriffen: die überwältigende Wirkung der Schlichtheit.

Für ihn war Schlichtheit Leere, und Leere war gleichbedeutend mit Armut; Reichtum hingegen bedeutete Üppigkeit und Fülle – ein Irrtum!

Gewiss, in ihrer Kindheit und Jugend mochte es so gewesen sein, doch seit dem Weltbrand, seit der Revolution galten diese Regeln nicht mehr. Geld war nicht länger mit Klasse verbunden – während der Prohibition hatte es ein analphabetischer Alkoholschmuggler zum Millionär bringen können, während des Aktienblase war aus manchem Schuhputzer ein feiner Herr geworden.

Und für all das schwarzgebrannte, aus dem Nichts spekulierte Geld konnte man sich Wohlstand kaufen: Automobile, Kleider, Möbel, Häuser –. aber keine Klasse. Und auch nicht die nachlässige Eleganz des alten Geldes.

Zumindest solange man nicht Kundin bei Valentina war.

Sie war eine der Ersten gewesen, die das erkannt hatte, den Luxus der Exklusivität.

Jede Mobster's Wife mit dicker Börse konnte Chanel tragen, aber niemals würde sie Kundin bei Valentina sein. Eigentlich war Valentinas rigide Aufnahmepolitik anfangs nur ihren begrenzten Mitteln geschuldet gewesen – sie hatte ja alles selbst gemacht, und nirgends gab man ihr genug Kredit für den Stoff, eine ganze Kollektion hätte sie sich gar nicht leisten können.

Zu Beginn hatte sie einfach nur gezeichnete Visionen verkauft, sich den halben Lohn vorab geben lassen, davon hatte sie Stoff und Garn – nur das Beste! – bezahlt, und in langen, langen Nächten war der Traum schließlich wahr geworden.

Wenn ihre Kundinnen fragten, behauptete sie immer, sie nähe aus Präzisionsgründen von Hand, nur so könne sie ihre bald berühmten flachen Nähte herstellen, doch die Wahrheit war: Sie besaß keine Maschine.

Ihre erste kaufte sie, als die Malermuse Rita Lydig nach dem Tod ihres dritten Gatten ihre komplette Garderobe auf Trauer umstellte und restlos alles, vom Negligé bis zum Gartenkleid, von Valentina entworfen haben wollte.

Sarah Bernhardt hatte Valentina aus Paris ein Empfehlungsschreiben an die kunstliebende Millionärin mitgegeben, und dort, in dem prächtigen Salon am Washington Square, hatte sie dann auch deren kleine Schwester Mercedes de Acosta kennengelernt.

Später, aber noch vor der Wirtschaftskrise, hatte die alternde Lydig alles verprasst und verschleudert, sogar das Haus hatte sie versetzen müssen, aber Valentina war sie treu geblieben – oder Valentina ihr.

Nein, Rabatte gab sie ihr nicht, das tat sie nie, aus Überzeugung, denn wer sich das leisten konnte, war zuvor zu teuer gewesen. Aber sie machte doch so manches für ihre erste Kundin möglich, und das zauberschöne Totenhemd, das zahlte Valentina ganz aus eigener Tasche. Sie war es auch, die mit dem Metropolitan Museum of Art verhandelte, ihnen die komplette Garderobe zur weiteren Aufbewahrung, Präparation und Ausstellung überließ – so dass Rita Lydig schließlich zu dem wurde, was sie immer gewesen war: Kunst.

Lang war das nun schon her. George hatte sie zur Beerdigung begleitet, er hatte darauf bestanden, obwohl er sonst wenig von der Mäzenin hielt. Geld zu verprassen war ihm ein Gräuel. Aber nicht zur Beerdigung einer Bekannten zu gehen wäre für George schlicht undenkbar gewesen. Das kam ebenso wenig infrage, wie nackt über den Times Square zu spazieren. Das tat man einfach nicht.

Valentina seufzte auf und betrachtete abermals voll Unbehagen ihr protziges Schlafzimmer. Hätte man sie selbst wählen lassen, sie hätte sich an den kargen Birkenholz-Schlafsälen ihrer Jugendsommer orientiert. Hell, sauber und leer. Ein mit weiß-blauem Leinzeug bezogenes Bett und täglich frisch gewischter Plankenboden – keine dicken Teppiche, in denen Schmutz, Bazillen und was noch alles hausten.

Aber es half nichts, darüber zu grübeln, was hätte sein können. Es war, wie es war.

Am besten, sie stand auf, beschäftigte sich ein bisschen.

Entschlossen stieg sie aus dem viel zu weichen

Bett, doch sofort überkam sie Schwindel, es war, als lauere der Geist ihrer Schwester am Rande ihres Blickfeldes, als warte er nur darauf, dass sie hervorspringen und sie holen konnte, endgültig. Sich am Vorhang festhaltend, blieb Valentina einen Moment lang schwankend stehen.

»Ich kann doch nichts dafür, dass ich lebe. Muckel, ich kann doch nichts dafür, es war doch keine Absicht«, flüsterte Valentina und kam sich gleich darauf höchst albern vor. Ihre Schwester war tot, genau wie ihre Mutter und ihr Vater. Ermordet schon vor Jahrzehnten.

Sie hatte überlebt, und sie hatte den Preis dafür bezahlt, den vollen Preis des zerreißenden Stoffs.

Es war nicht immer nur leicht, überlebt zu haben.

Sie würde Daisy im Salon anrufen, sie solle ihr die Zeichnung vorbeibringen. Aber was würde es nützen? Manchmal wollte sie die Kritzelei am liebsten zerreißen.

Warum ließ sie nicht einfach los?

Weil sie Angst vor dem Fallen hatte, davor, dass niemand sie auffing.

Sie krallte die schönen, sorgfältig manikürten Finger in den Vorhangstoff und blickte aus dem Bodenfenster. Die Sonne spiegelte sich auf dem träge dahinfließenden Wasser des Hudson River, glänzend weiße Lichtpunkte auf dem grünlichen Blau.

Manchmal fehlte ihr das Meer so sehr. Die wilde

russische See mit ihren unberechenbaren Wellen, ihrem herrischen Toben und Brausen, ihre im Sommer so schmeichlerische Wärme.

Wie sie sich vor Glück kreischend in die Fluten geworfen hatte, ihre Schwester, die anderen Mädchen bei sich, das Salzwasser, die Sonne und die Nonnen, die schüchtern lächelnd vom Strand aus zugesehen hatten.

Die Nonnen ihrer Jugend, mit ihren sanften Gesichtern, die schönsten Frauen der Welt. Was war aus ihnen wohl geworden, als die Hölle losbrach?

Sie hörte den Stoff reißen, den keusch geschlossenen Stoff der Habits, ein scharfer und zugleich satter Ton, ein Geräusch so real, als passiere es im Nachbarzimmer.

Und als würde es helfen, presste Valentina die Hände auf die Ohren. Fest, ganz fest.

Geflohen waren George und sie später bei Nacht, die See ein schwarzer Spiegel. Sie hatte Jalta nicht Lebewohl gesagt, sie hatte es nicht gekonnt, hatte Angst davor gehabt, sich dann in die Fluten zu werfen und zurückzuschwimmen.

Heimweh war ein Schmerz, der schlimmer mit den Jahren wurde. Schlimmer durch das Wissen, kein Heim mehr in der Heimat zu haben. Ihre Welt war untergegangen.

Ein Ausflugsdampfer tuckerte gemächlich vorbei, die grün-weiße Fahne hing schlaff herab, die Kapelle spielte, aber Valentina konnte die Melodie nicht hören. Manche Paare tanzten zu den Klängen, verrenkten sich in seltsam synchroner Verrücktheit – man hätte sie für Irre halten können.

Schlecht gekleidete Menschen standen staunend an der Reling, und ein Mann erklärte mit großer Geste etwas: Zur Rechten sehen Sie eine der exklusivsten Wohnlagen Manhattans. Im dritten Stock dieses Brownstones dort wohnt beispielsweise die Modeschöpferin Valentina Schlee.

Brüsk drehte Valentina sich fort von den zum Lachen aufgerissenen Mäulern der Gaffer, sie zog ruckartig die peinlichen Samtvorhänge an ihren albernen golddurchwirkten Schnüren zu.

Vielleicht ging es ihr doch nicht besser? Eigentlich hatte sie keine Ahnung, wie es ihr ging. Woher sollte sie das auch wissen?

Es war eine schlimme Zeit, die Kurzgeschichte über den ermordeten Bruder, der drohende Krieg in Europa und dann dieses Geisterwesen ... Sie würde einen Exorzisten brauchen, davon gab es in New York ganze Heerscharen. Nur George durfte davon nichts erfahren. Manchmal glaubte sie, er ginge nur deshalb so unbeirrbar auf jede Beerdigung, weil er sich von der Endgültigkeit des Abschieds überzeugen wollte. Tote blieben für George tot.

Er hatte keine Angst vor dem Weltbrand, er freute sich fast darauf, denn wenn die Deutschen beispielsweise in Frankreich einfielen, dann war es vorbei mit Modekäufen in Paris. All die Chanel-Kundinnen würden dann zu Valentina gehen, also wovor fürchtete sie sich?

Ja, wovor?

Vor dem Verschwinden, es ging so schnell. Sie hatte gesehen, wie schnell es ging.

Sicherheitshalber griff sie nach dem Handspiegel, warf einen Blick hinein, sie war noch da.

Aber war das Verschwinden nicht vielleicht auch ein Geschenk? Verschwinden, eintauchen, sich fallen lassen, zurückkehren ins Nichts, untergehen wie damals in den Fluten der See.

Wenn die Verschwundenen nur fortblieben!

Gut, dass sie Daisy aufgetragen hatte, der de Acosta das weitere Mitbringen ihrer grässlichen Freundin zu untersagen.

Tallulah Bankhead behauptete steif und fest, die de Acosta sei nicht ganz richtig im Kopf und halte dunkle Messen ab. Madame Dracula nannte die sie – und das war nur zum Teil spöttisch auf die bleiche Haut und die ewig schwarze Kleidung bezogen.

Es war am Ende allerdings ganz egal, sicherheitshalber würde sie einen Exorzisten kommen lassen, am Sonntag, wenn niemand sonst im Geschäft war.

Ein Gefühl der Zufriedenheit überkam Valentina, und so setzte sie sich auf die Bettkante, sank in der wirklich viel zu weichen Matratze etwas ein, griff nach ihrer Teetasse und der Tageszeitung.

Sie holte tief Luft.

Vielleicht war Stalin ja tot? Plötzlich verstorben, klickklickklick, aber diesmal für ihn?

»Jetzt reiß dich zusammen!«, befahl sie sich halblaut. »Stell dich nicht an, alte Zimperliese. Heul doch!«

Garbo lacht!, sprang sie in der Zeitung an und daneben ein grauenhaftes Bild der Göttlichen. Wer hatte diesen Hut verbrochen? Und warum trug die arme Greta Garbo diese schrecklich unvorteilhafte Frisur, einen überlangen, glatten Bubikopf mit albern eingedrehten Ponylöckchen? Das schöne Gesicht sah damit aus wie ein Quadrat mit runden Ecken am oberen Ende. Valentina schauderte. Was hatte Adrian, der sonst so stilsichere Adrian, sich nur dabei gedacht?

Wie zur Betonung der allgemeinen Eckigkeit hatte er die Göttliche in Blusen mit Dreieckskragen und Kleidern mit V-Ausschnitt gesteckt.

Es war wirklich nicht zu glauben.

Vielleicht hatte er sich von den klaren Linien der kommunistischen Architektur inspirieren lassen? Schließlich spielte die Garbo ja eine strenge rote Kommissarin. Und dieser Hut erst – man konnte nur hoffen, dass es wirklich ein Lampenschirm war und sich der Witz im Verlauf des Films zeigte.

Nachdenklich musterte Valentina das schwarzweiße Gesicht vor ihr – sie ähnelten einander wirklich stark.

Es war ihr selbst erst gar nicht aufgefallen, doch dann war sie letzten Frühling bei einem Spaziergang im Central Park plötzlich von einer Frau angesprochen worden, die ein Autogramm von ihr wollte. Es hatte Valentina ziemlich viel Mühe gekostet zu verstehen, für wen die Dame sie hielt, und dann noch mehr, die Dame davon zu überzeugen, dass sie nicht Greta Garbo war.

Seitdem war es noch zwei-, dreimal passiert, und einmal hatte Valentina sich dank ihrer Ähnlichkeit sogar das letzte Stück Angel Food Cake im Teesalon des Ritz ergaunert, das angeblich schon für einen anderen Gast reserviert war. Manchmal packte sie einfach eine kaum auszuhaltende Sehnsucht nach dieser Vanillesünde. Sie hatte die Bedienung harsch gefragt, ob sie sie denn nicht erkennen würde.

Seltsam, dass Greta Garbo keine Kundin bei Valentina Couture war – vermutlich lag es daran, dass sie sich in den Jahren, in denen Valentinas Stern stieg, viel im Ausland befunden hatte. Oder gefielen ihr am Ende Valentinas Entwürfe nicht?

Der Gedanke schmerzte unerwartet heftig, und rasch blätterte Valentina weiter in der Zeitung.

Im Innenteil wurde es noch schlimmer, da gab es bereits die ersten Standbilder der Komödie und dann ein Filmzitat:

Es gibt jetzt vielleicht weniger Russen in Russland, dafür aber bessere.

Das sollte ein Witz sein, darüber würden Menschen lachen.

Kinosäle würden mit der Garbo zusammen lachen, laut und glücklich.

Valentina Schlee aber, sie weinte.

KAPITEL 19

War wohl noch 'ne anstrengende Nacht, was?«, war das Erste, was Katej beim Anblick ihrer übernächtigten Freundin einfiel. Sie machte ihr einen Platz am Haltegriff der Subway frei und fragte gut gelaunt weiter: »War nach der Verlobung vor der Verlobung?«

»Nein«, war alles was Daisy erwidern konnte. Einmal hatten sie einander geküsst, und letzte Nacht hatte Daisy sich lächerlich gemacht, weil sie besagtem jungem Mann gegenüber eine höchst peinliche Einladung ausgesprochen hatte, der selbiger nicht Folge geleistet hatte. Hoffentlich erzählte er das Ganze nicht auch noch Freddy! Die Peinlichkeit würde Daisy nicht überleben, da war sie sich ziemlich sicher.

»Ist *Nein* alles, was dir zu gestern Abend einfällt?«

»Ja.«

»Okay, dann reden wir am besten einfach über was anderes«, schlug Katej eifrig vor. »Nur eine Frage noch: Geht er nach Spanien?«

»Ja«, entgegnete Daisy, und weil sie sich selbst albern fand, ergänzte sie: »Übermorgen schifft er sich ein.«

»Ach, du Scheiße«, sagte Katej mit einem Seufzer, und der ältere Herr, der sich an der Schlaufe neben ihnen festhielt, verzog ob dieser Wortwahl angeekelt das Gesicht. Sie kümmerte sich nicht um ihn und wiederholte: »Ach, du Scheiße! Ich hatte gehofft, das meint er nicht so ernst. Oder eben nur so ernst, wie man es nun mal meint, wenn man unglücklich verliebt ist.«

»Ich glaube, es ist gar nicht unglücklich verliebt. Ich glaube, er und sein Idealismus sind ein echtes Traumpaar«, zischte Daisy, nestelte die *New York Times* aus ihrer Handtasche und begann unter Katejs ungläubigen Blicken zu lesen.

Es stand allerdings nicht viel darin. Noch immer lächelte die Garbo vom Titelblatt. Das Bild des beim Handschlag mit Ribbentrop jovial lächelnden Stalin war in New York bei Redaktionsschluss noch unbekannt gewesen. Deshalb gab man sich auf Seite drei darüber hinaus sehr zuversichtlich, Moskau würde einem Bündnis mit Großbritannien zustimmen.

Und außerdem, die Garbo lächelte! Seit gestern abgedreht: *Ninotchka*, eine Komödie mit ihr. Nach fast zwei Jahren endlich wieder ein Garbo-Film.

Und aufgrund des anhaltenden Protests der Lebensmittelhändler hatte Roosevelt im Übrigen angekündigt, Thanksgiving auf den 23. Oktober zu verschieben. Paraguay hatte einen neuen Präsidenten, und an der deutsch-polnischen Grenze war ein polnischer Soldat erschossen worden, aber vor allem: Die Garbo, der größte Star ihrer Zeit, der Liebling Amerikas, die schwedische Sphinx war endlich wieder auf der Leinwand!

Die hatte gut lachen, befand Daisy, während sie mit müden Beinen, verheulten Augen und mühsam aufgeschminkter Frische neben Katej durch die bereits wieder unerträglich drückende Hitze zu Valentina Couture hastete.

Einen Moment blieben die beiden vor dem Schaufenster stehen, betrachteten die gestern noch vor Madames Schwächeanfall frisch gemachte Dekoration.

Ein helles, fast weißes Tüllkleid mit lavendelfarbenen Nähten an den Säumen, dazu ein winziges, gleichfalls lavendelfarbenes Hütchen mit Schleier. Ein Brautkleid, aber nur fast.

Eine Leihgabe, im Besitz von Janet Gaynor, wie ein diskretes Schild neben den lilafarbenen Pumps informierte.

Trotz allem musste Daisy einen Moment lächeln, das war so typisch für Madame Valentina.

Das Filmsternchen Janet Gaynor würde kommenden Samstag heiraten, niemand Geringeren als den Designer Gilbert Adrian – einen der schärfsten Konkurrenten Valentinas, der ihr das Kostümdesign für den *Zauberer von Oz* vor der Nase weggeschnappt hatte. Nicht unbedingt, weil er mehr konnte, nein, einfach nur, weil die Gelder beim Film in der Regel von Männern verteilt wurden und Männer grundsätzlich ihre Geschlechtsgenossen für begabter, zuverlässiger und belastbarer hielten als jede noch so begnadete Frau.

Die Hochzeitseinladung musste Daisy dann auch mit einem kühlen Dreizeiler beantworten, aber die Spitze dieses Kleides hatte Madame sich doch nicht nehmen lassen.

Ein Beinahe-Brautkleid in Lavendel, passend für diese allgemein als »Lavendelhochzeit« belächelte Trauung, denn dass Gilbert Adrian in Wahrheit Männer liebte, wusste ganz Hollywood.

Zumindest ging es ihr also besser als Janet Gaynor, befand Daisy, während sie hinter Katej her in ihr Büro trottete – wenigstens keine fremden jungen Männer im ehelichen Schlafzimmer, und sie konnte ja auch immer noch alle glücklich machen und Alistair Fraser heiraten.

Oder auch nicht.

Am besten regelte sie das postalisch, in einem ihrer beliebten Dreizeiler.

Lieber Mr. Fraser,
leider kann ich Sie aufgrund von Terminfindungs-
schwierigkeiten nicht heiraten.
Ich bitte höflichst um Ihr Verständnis,
Hochachtungsvoll

Und dann würde sie gleich noch einen Brief mit demselben Inhalt an ihre Eltern und ihre Tante schicken, zwecks Vorbereitung des garantiert erfolgenden Rauswurfs.

Niemals würde Tante Melanie sie weiter bei sich wohnen lassen, wenn Daisy – mutwillig und grundlos – so eine Chance wie diese Ehe sausen ließ. Wer brauchte schon Gefühle, Verliebtheit, Leidenschaft – bei Tiffany mit Namen begrüßt zu werden, war ja auch sehr schön. Und für die einsamen Nächte blieb einem die Hausbar.

Beim Frühstück hatte ihre Tante sich entschuldigen lassen, eine kleine Magenverstimmung – nur verständlich, nach fast einer Flasche Kochsherry, doch diesen Gedanken hatte Daisy für sich behalten.

Immer schön Mund zu.

Sie war ein Mädchen aus guter Familie und sollte in eine noch bessere Familie einheiraten. So ging gesellschaftlicher Aufstieg für Frauen.

Aber was brachte ihr der gesellschaftliche Aufstieg? Wofür brauchte sie ihn? Wollte sie werden wie ihre Mutter, ihre Tante oder die Kundinnen bei Valentina?

Oder wollte sie die Welt retten so wie Christopher und all die mutigen Frauen und Männer, die sich in Europa gegen den Faschismus stemmten?

Wenn sie tatsächlich die Wahl hätte: Was würde sie dann wollen?

Christopher Flanagan – und was noch? Dass sein Leben nicht um sie kreiste, das hatte er ihr sehr klar gezeigt. Also was wollte sie?

Wütend biss sie sich auf ihre rougierten Lippen, doch dann schlüpfte sie in ihre Saleslady-Uniform und gab Katej das Zeichen, den Laden zu öffnen. Ungewöhnlicherweise war Madame Schlee noch nicht da – vielleicht war sie noch krank? Oder etwas hatte sie aufgehalten?

Aus dem Verkaufsraum war die kreischende Stimme der Shearer zu hören, und Daisy straffte die Schultern, ging in langen Schritten hinaus. Breit lächelnd stellte sie sich neben die schon recht verzweifelt dreinsehende Katej und sagte: »Nein, Madame Shearer, ich versichere Ihnen, Miss Crawford trägt wirklich kein rotes Tüllkleid mit Schleppe.« Dabei schüttelte sie so sanft wie nur möglich den Kopf. »Möchten Sie es noch einmal anprobieren, oder soll ich es einschlagen?«

Die Shearer warf einen hektischen Blick über ihre Schultern, als erwartete sie, in den nichtvorhandenen Schatten der Empfangshalle lauerten Trenchcoat tragende Ganoven, und flüsterte leise: »Nein, ich nehme es sofort mit. Hier haben die Wände Augen!«

»Selbstverständlich«, entgegnete Daisy höflich und fing sehr, sehr vorsichtig an, das Kleid in cremefarbenes Seidenpapier zu wickeln. Katej, deren Aufgabe das gewöhnlich war, hatte offensichtlich die Gelegenheit zur Flucht genutzt und war lautlos in die Büroräume verschwunden.

Die Shearer indessen ließ nicht locker.

»Ja, aber ich habe gehört, dass Miss Crawford etwas ganz Ungewöhnliches tragen wird. Nur ein kleiner Tipp?«, bettelte sie, wobei sie ihr Püppchengesicht schief legte und Klappaugen machte. »Sie verdienen doch hier sicher nicht besonders gut. Wie wäre es mit Freikarten für die Premiere morgen Abend?«

Daisy lächelte, falls möglich, noch höflicher und fragte übergangslos: »Sie möchten das Kleid also tatsächlich nicht geliefert bekommen? Ich mache mir etwas Sorgen, weil Sie es ja nicht flach transportieren können. Nicht dass der Stoff Knitterfalten bekommt.«

»Es ist sicherer so. Stellen Sie sich doch einfach mal vor, wie sehr sich manche Personen freuen würden, wenn meinem Premieren-Kleid auf dem Weg zu mir ins Knickerbocker Hotel etwas zustößt? Oder wenn es gar ganz verschwindet? Nein, nein, ich passe am besten selbst darauf auf.«

Und mit entschlossener Miene nahm der Filmstar das nun in dicke Lagen Seidenpapier eingeschlagene Paket in Empfang. Sie schien fast unter der Last zusammenzubrechen.

Wäre Daisy nicht so grauenhaft zumute gewesen, sie hätte lachen müssen.

»Darf ich den Hinterausgang benutzen? Diese Möchtegernschauspielerin ist zu allem fähig. Nicht dass mich noch irgendein von ihr angeheuerter Mobster überfällt.«

»Gewiss«, entgegnete Daisy und fragte schüchtern: »Soll ich dann einen Wagen zur Personaltür rufen?«

»Nein, natürlich nicht!« Ihrem Gesichtsausdruck nach befand sie Daisy für eindeutig geistesschwach. »Ich steige doch nicht zu irgendeinem Chauffeur ins Auto. Denken Sie nur, wie diese Schnepfe triumphieren würde, wenn ich nicht zur Premiere erscheinen könnte. Ich esse auch seit Tagen nur noch Heinz Baked Beans, direkt aus der Dose – und die Dosen habe ich selbst gekauft, bei einem winzigen Laden in Greenwich. Absolut giftsicher! Deshalb habe ich auch meinen eigenen Fahrer, ein ganz zuverlässiger Mensch, arbeitet seit Jahren für mich.«

»Sehr umsichtig von Ihnen.« Mehr fiel Daisy dazu beim besten Willen nicht ein, außerdem hatte das kleine Lämpchen neben dem Terminbuch hektisch zu blinken begonnen – das Signal dafür, dass Katej einen Anruf durchstellen wollte.

»Dann viel Vergnügen auf der Premiere«, wünschte sie, während der verwundert dreinsehende Boy den Filmstar zum Hinterausgang begleitete.

Mit raschem Kopfschütteln nahm Daisy den Hörer ab: »Valentina Couture, Goldenblatt am Apparat. Mit wem habe ich die Ehre?«

»Miss Goldenblatt, schön, Sie zu hören. Pünktlich an Ort und Stelle«, lobte eine tiefe Männerstimme, die Daisy erst nicht zuordnen konnte. »George Schlee hier. Meine Gattin erlitt gestern Abend erneut einen Schwächeanfall, und ich fürchte, sie wird heute nicht in den Laden kommen können. Wären Sie so freundlich, sich mit gewohnter Kompetenz um alles zu kümmern?«

»Aber sehr gerne«, sagte Daisy, und auf einmal musste sie lachen. Es war so einfach. Sie liebte die Arbeit bei Madame Valentina. Das war doch immerhin ein Anfang. »Ich kümmere mich um alles. Gegen Abend schicke ich dann einen Boten mit der zu unterschreibenden Post. Im Notfall erreiche ich Ihre Gattin unter der Hausnummer?«

Daisy wollte gerade noch »Gute Besserung« wünschen, da kam Katej unter lautem Triumphgeheul hereingestürmt. Hektisch gab Daisy der Freundin ein Zeichen, doch um Himmels willen leise zu sein.

Diese begann daraufhin lautlos auf und ab zu hüpfen, stumm einen kleinen Boogie zu tanzen und alle paar Sekunden in tonlosen Jubel zu verfallen.

Ihre Neuigkeiten mussten regelrecht phänomenal sein: ein Date mit Clark Gable? Oder gar ein reumütiger Christopher, der erkannt hatte, dass ihm der Spanische Bürgerkrieg eigentlich vollkommen gleichgültig war? Und der außerdem im Krankenhaus lag, weil er auf dem Weg zu seinem nächtlichen Treffen mit Daisy unter einen Laster gekommen war?

Sie konnte sich bei all dem Gehopse nur mühsam konzentrieren und fragte: »Hätten Sie sonst noch einen Wunsch, Mr. Schlee?«

»Ja, einen sehr dringlichen. Meine Gattin bittet Sie darum, dafür zu sorgen, dass diese Begleiterin von Madame de Acosta den Laden nie wieder betritt. Das war ihr noch sehr wichtig.«

»Ich werde mich persönlich darum kümmern«, versprach Daisy.

Sie hatte noch nicht richtig aufgelegt, da brüllte Katej schon los: »Ich werde verrückt! Ach was, ich bin es schon. Da draußen warten zwei Damen darauf, dass der Boy wieder von seiner Shearer-Mission zurückkommt und die Tür aufmacht. Du wirst nicht glauben, um wen es sich handelt! Wir bekommen eine neue Kundin!«

»Aber Madame ist heute gar nicht da. Wir können keine neue Kundin empfangen.«

Daisy fühlte sich ausgesprochen unglücklich. Eine wichtige neue Kundin fortzuschicken – vielleicht eigens aus Europa angereist? Aber es half nichts.

»Wir können nichts machen, wir werden die Dame vertrösten müssen.«

»Unmöglich! Niemals vertrösten wir die!«

Katejs Wangen glühten, und ihre Dauerwelllöcken wippten. »Du ahnst nicht, um wen es sich handelt.«

»Na ja, aber Mrs. Roosevelt werde ich heute noch anrufen und um etwas Geduld bitten, und das Kleid von Mrs. Wallis Simpson ...«

»Es ist aber keine von beiden.« Sie machte eine ehrfürchtige Pause. »Es ist Greta Garbo!«

»Greta Garbo«, echote Daisy, und tatsächlich änderte dieser Name alles, selbst bei ihr, die sich in den letzten Jahren an den Anblick von Filmstars in Unterwäsche gewöhnt hatte. Der größte Star des Jahrzehnts bei ihnen im Laden!

Welch ein Triumph für Madame Valentina!

»Ich werde bei Madame anrufen, dass sie kommen muss. Das ist eine absolut einmalige Gelegenheit.«

»Ach, Quatsch! Willst du, dass die Garbo zwei Stunden hier herumsitzt, nur damit Madame ihr nachher eine ihrer verwirrten Frechheiten an den Kopf knallt? Nee, nee, lass Madame sich mal schön ausruhen. Das kriegen wir auch alleine hin – also vor allem du.«

Sie zwinkerte verschwörerisch, und nach einigem

Zögern stimmte Daisy ihr mit wachsender Begeisterung zu.

»Ja, die Maße können wir tatsächlich schon ohne Madame aufnehmen. Und auch mal vorfühlen, was die Garbo überhaupt möchte. Wir könnten sogar ...«, überlegte sie laut weiter, »ein paar der Entwürfe aus Madames Schreibtisch zeigen, damit die Garbo sich mehr vorstellen kann. Oder besser noch, wir holen ein paar der fertigen Kleider aus dem Safe.«

»Aber das macht Madame nie ...«, wandte Katej nun doch besorgt ein, Daisy aber schüttelte entschlossen den Kopf.

»Ja, genau, sie macht das nie, und deshalb sind ihre Kundinnen auch meistens vollkommen verwirrt, was Madame eigentlich vorhat. Das geht normalerweise in Ordnung, weil die Kundschaft ihr vertraut, aber hier haben wir kein Starlet oder irgendeine reiche Erbin. Heute kommt es drauf an. Denk dir mal: Greta Garbo in Valentina! Das ist eine Reklame, die ist unbezahlbar.«

»Dann sag ich dem Boy, dass er die Damen vor der Zeit hereinbitten soll?«

»Ja, mach das. Ich sage der Vorarbeiterin rasch Bescheid, dass sie uns eine Reihe der fast fertigen Kleider aufbügeln und herunterschicken soll.«

Sie hob den Telefonhörer schon ans Ohr, als ihr ein Gedanke kam: »Mit wem ist die Garbo gekommen? Kennst du die Begleitung?«

»Aber klar«, rief Katej und eilte aus dem Zimmer. »Die beiden waren gestern schon mal da, als Madame den Schwächeanfall hatte, wir haben sie nur nicht erkannt, weil sie Kopftuch und Sonnenbrille trug. Sie ist die Freundin von der de Acosta.«

KAPITEL 20

Christopher Flanagan lächelte der Bedienung zu und hoffte, diese Freundlichkeit würde ihr auch heute wieder über den Umstand hinweghelfen, dass er keine zweite Tasse Kaffee bestellen würde. Daisy konnte sich gar nicht vorstellen, mit wie wenig Geld man leben konnte, wenn man musste.

»Noch einen Kaffee?«, fragte die Bedienung trotzdem hoffnungsvoll, doch Christopher verwies mit dem Kinn auf seine noch nicht ganz leere Tasse. Im Leben musste man realistisch sein.

Letzteres viel Christopher mitunter etwas schwer.

Seine Mutter sagte, er sei ein verträumtes Kind gewesen – deshalb hatte er auch immer die meiste Prügel einstecken müssen.

»Sicher kein zweiter Kaffee?«, forschte die Bedienung, eine rotwangige Blondine, eifrig nach. »Ich habe zu viel gemacht. Ich mache immer zu viel, wenn Mr. Smithers arbeitet.«

Und dabei deutete sie mit dem Kinn in Richtung des verwaisten Platzes am Tresen, wo sonst immer ein älterer Schwarzer mit gepflegtem schneeweißem Haarkranz saß und Kreuzworträtsel löste. Mr. Smithers war Privatdetektiv und der Tresen sein Büro, die ganze Nachbarschaft konsultierte ihn hier, denn er war weit über den Block dafür bekannt, jedes Verbrechen aufzuklären, solange es sich um eheliche Untreue handelte.

Heute war er offensichtlich mal wieder auf der Spur irgendeiner liebeshungrigen Gattin, und so ergänzte die Bedienung: »Möchtest du einen aufs Haus? Ich kann die Brühe nicht ewig warmhalten.«

»Ich möchte wirklich keinen, danke.« Christopher schüttelte den Kopf. Wenn er jetzt einen nahm, dann wüsste sie ja, dass er auch sonst gern eine zweite Tasse getrunken hätte und sie sich nur nicht leisten konnte. Vermutlich wusste sie das sowieso, aber er wollte zumindest an der Illusion festhalten.

Diese Illusion trennte ihn von dem über dem Tisch eingeschlafenen Trinker mit den karierten Knickerbocker, dem die Bedienung nun ungefragt einen dampfenden Emaillebecher hinstellte, um dann leise summend in Richtung Küche zu verschwinden.

Es roch verteufelt gut nach Sirupkuchen. Sein Magen zog sich schmerzhaft zusammen und erinnerte ihn daran, dass er schon wieder ewig nichts gegessen hatte. Das war das Beste an der Arbeit als Hotdog-Verkäufer – manchmal fiel was runter. Er begann auf seinem Bleistift herumzukauen.

Hopp, keine Müdigkeit vorschützen, noch mindestens fünfzig Worte, bis seine Schicht am Central Park begann. Die letzte überhaupt oder zumindest die letzte vor seiner Abreise nach Spanien.

Übermorgen war es so weit. Nicht daran denken oder zumindest nicht daran, was er hier zurückließ.

Nicht an Daisy denken.

Es war besser so.

Daran musste er glauben. Es war falsch, die ganze Geschichte. Er wusste es genau, aber Daisy fehlte ihm schon jetzt.

Egal, besser ein Ende mit Schrecken und so weiter ... Er konnte ihr rein gar nichts bieten, und sie konnte sich nicht einmal vorstellen, wie wenig er ihr hätte bieten können.

Aber musste er deshalb gleich nach Spanien? Warum musste ausgerechnet er den Helden spielen und Artikel über den Krieg in Spanien schreiben? Artikel, die vermutlich niemand lesen würde, und wenn doch, würden sie niemanden in irgendeiner Weise beeinflussen.

Es geschah so viel Unrecht auf der Welt, warum bildete ausgerechnet er sich ein, die gleichgültige Masse darüber informieren zu müssen? Warum sollte er irgendjemanden aufrütteln können?

Es gab mehr als genug Journalisten, das hatte er zu oft schon gehört – in der Regel dann, wenn er versucht hatte, sein Zeilenhonorar etwas nach oben zu korrigieren.

Vielleicht sollte er Daisy einen Brief schreiben?

Er hätte ihr schreiben können, dass er sich nicht im ersten Augenblick in sie verliebt hatte. Eigentlich hatte er sie am Anfang nur für eine weitere versnobte Debütantin gehalten, eine von denen, die bis zur Hochzeit ein bisschen in einem teuren Laden arbeiteten. Aber dann hatte er gemerkt, wie gut sie in ihrem Job war, wie viel Herzblut sie investierte, obwohl sie den ganzen Modezirkus verstand und belächelte. Und dann, dann hatte sie diesen fliederigen Hut aufgesetzt – einen Hut mit Blumenstrauß dran, gab es etwas Albernéres? Sie aber hatte darüber gelacht, und er war verloren gewesen.

Er hätte ihr schreiben sollen, wie leid es ihm tat, dass er sie nicht heiraten konnte, aber es war besser so. Die Armut fraß die Liebe auf.

Und weil das ein guter Satz war, notierte er ihn sich – nicht für den Brief, den er sowieso nie schreiben würde, er kannte sich.

»Ein Stück Sirupkuchen, Mr. Hemingway?«, fragte

die Bedienung ihn, und ohne seine Reaktion abzu-
warten, stellte sie ihm lächelnd den Teller hin. Vielleicht hatte Freddy wirklich recht, und sie mochte
ihn?

Christopher betrachtete sie skeptisch – der Gedanke, dass ihn irgendeine Frau attraktiv genug fand,
um ihn mit ihren Kochkünsten zu verführen, kam
ihm befremdlich vor. Er staunte auch immer noch,
dass Daisy seine Gefühle tatsächlich zu erwidern
schien. Vielleicht hätte er doch auf ihr Angebot
eingehen sollen? Freddy hätte sich diese Gelegenheit
nicht entgehen lassen. Er hörte beinahe seine Worte:
*Da hast du wenigstens was, woran du in Spanien denken
kannst. Da sind die Nächte lang und kalt.*

Aber das hätte alles ja nur noch schmerzhafter und
schlimmer gemacht.

Er war eben nicht Freddy – was man schon daran
merkte, dass er hier in dem Café an der Ecke saß
und schrieb, während Freddy in ihrem gemeinsamen
Zimmer schnarchend seinen Rausch ausschlief, bis er
in ein paar Stunden aufwachte, sich anzog – wenn
Christopher längst ungefähr den achtzigsten Hotdog verkauft hatte – und sich irgendeine Arbeit für
den Tag suchte, für Iren gab es immer irgendeine Arbeit.

»Dein Cousin Freddy hat mir erzählt, du gehst
nach Spanien«, stellte die Bedienung fest und ließ
sich auf den leeren Stuhl ihm gegenüber sinken. »Ist

der Krieg nicht vorbei? Ich dachte, die Internationale Brigade wurde aufgelöst, weil Franco gewonnen hat.«

»Es ist nicht vorbei, es wird nur nicht mehr drüber berichtet, weil nicht mehr so hart gekämpft wird. Deshalb möchte ich dorthin. Ich möchte darüber schreiben, wie es den Menschen nun geht. Das Leiden der Spanier hört ja nicht auf, nur weil wir wegsehen. Es wäre schön, wenn durch meine Arbeit etwas bewegt wird. Gegen das Vergessen.«

»Ich mag idealistische Männer«, bemerkte die Bedienung, und obwohl Christopher seit Jahren herkam, fiel ihm nun erst auf, dass sie eigentlich noch ganz jung war, kaum älter als Daisy und er. Nachdenklich betrachtete sie die Titelseite der Tageszeitung, die vor Christopher lag. Verträumt fuhr sie mit dem Finger die Augenbrauen der Garbo nach.

»Die hat gut lachen. So eine schöne Frau. Gewinnt bestimmt den Oscar, aber verdient hat sie es nicht.«

Christopher sah verdutzt auf.

Sie erwiderte seinen Blick und erklärte: »Na, stimmt doch. Warum bekommt eine Frau, die alles hat, einen Filmpreis dafür, dass sie schöne Kleider trägt und in Paris herumstolziert? Wen interessiert denn das? Warum macht keiner Filme über normale Frauen, die mehr als eine halbe Zitrone am Tag essen und Laufmaschen in den Strümpfen haben? Frauen, die vielleicht keine Lampenschirme auf dem Kopf tragen und auch nicht Melvyn Douglas küssen, aber die ihre Familie versorgen und ...«

»... sehr guten Sirupkuchen backen?«, schlug Christopher vor, und sie nickte heftig.

»Genau. Ich habe das alles so satt.«

»Ich glaube, es gibt keine Filme über normale Menschen mit normalen Problemen, weil niemand einen Vierteldollar dafür zahlen würde, dasselbe zu sehen, was er oder sie zu Hause umsonst erlebt«, wandte er ein. »Und außerdem geht im echten Leben auch mal was böse aus, wer will sich das auch noch an seinem freien Abend antun?«

»Ich hätte jedenfalls heute Abend Zeit für Kino«, erklärte sie, und während Christopher noch überlegte, ob das bedeutete, dass sie von ihm eingeladen werden wollte, und wenn ja, wie er da ohne größere Frechheit wieder rauskam, trat ein vielleicht zehnjähriger Schwarzer Junge ein. Das Kind schwenkte eifrig einen Brief.

»Ich komme vom *New Yorker*«, erklärte er stolz und ergänzte: »Die Sekretärin hat mich geschickt. Ich habe Post für Herrn Flanagan.«

KAPITEL 21

Mercedes ließ es sich nicht nehmen, Greta Garbo aus der Taxe zu helfen. Das war einer ihrer täglichen kleinen Triumphe gegen das Patriarchat – eine Frau half einer Frau aus der Taxe, Tusch und Trommelwirbel.

Mit wie wenig sie sich inzwischen zufriedengab – geben musste –, und das, obwohl sie so viele Möglichkeiten gehabt hätte. Aber vielleicht würde sich ja jetzt alles noch einmal zum Guten wenden?

Sie dachte an den Brief, den das Mädchen inzwischen vielleicht schon beim Redaktionshaus abgegeben hatte, und mit neu gewonnenem Mut reichte sie der Garbo den Arm.

Die sah wieder aus wie ihre eigene Putzfrau – der

Trenchcoat war am Saum ausgefranst, und das grüne Kopftuch, von Hermès immerhin, passte farblich nicht zu den flachen roten Schuhen. Wenn eine Frau je Valentinas Hilfe benötigt hatte, dann doch die Garbo.

Mercedes selbst sah großartig aus. Beim Gedanken an den Brief hatte sie eine volle Stunde mit dem Ankleiden verbracht, und so zeigte sie sich der Welt in ihrer schimmerndsten Rüstung. Den Dreispitz auf ihren spiegelnd schwarzen Haaren, eine selbstgeschneiderte Offiziershose an den vollkommenen Beinen und eine an ihr großes Vorbild Carmen erinnernde Bluse.

Ja, es war eindeutig die Dichterin, die die Blicke aller auf sich zog, während die Schauspielerin sich trotz ihres geringen Gewichts schwer auf den gereichten Arm stützte. Aber im Gegensatz zu gestern war Greta heute gerne bereit gewesen, einen weiteren Versuch bei Valentina zu starten, hatte sie sogar zur Eile gemahnt.

Vielleicht hatte das exzentrische Verhalten der Ukrainerin ihre Neugier geweckt – oder sie hatte schlicht nichts Besseres zu tun gewusst?

»Guten Morgen, Daisy! Morgen, Katej«, rief Mercedes schon von Weitem, tippte sich in Richtung des Boys grüßend an den Hut und betrat den schachbrettartig gefliesten Verkaufsraum. Obwohl sie ihn kannte, überwältigte er sie mit seiner schlichten, fast beiläufigen Eleganz immer wieder. Längst wunderte sie sich nicht mehr über den vollkommenen Mangel an ausgestellten Waren, sie wusste ja, wie exzentrisch und wie absolut exklusiv Valentina arbeitete.

Sarah Bernhardt, die sie vor bald zwanzig Jahren nun schon ihrer Schwester empfohlen hatte, hatte Valentina die einzig wahre Exil-Aristokratin genannt, und diese Beschreibung traf vollkommen zu.

Valentina besaß einen Adel, der so alt war, dass er nicht mehr gezeigt werden musste – ebenso wenig wie ihre Kleider. Frauen kauften nicht bei Valentina, weil ihnen das Kleid der Nachbarin so gut gefallen hatte, Frauen kauften hier, weil die Nachbarin neuerdings so anders aussah, so seltsam verjüngt. Und abgenommen hatte sie doch auch?

Und es waren nicht nur die raffinierten Schnitte, die auf die persönlichen Vorzüge ihrer Trägerin angepassten Längen und Säume; es war die Sicherheit, die diese Raffinesse bei der Trägerin erzeugte, das gute Wissen, perfekt gekleidet zu sein.

Es war nicht allein eine Frage des Geldes, man konnte auch in Chanel und Hermès nicht zurechtgemacht aussehen, was Greta ja eben wieder bewies.

»Madame lässt sich entschuldigen«, erklärte Daisy bedauernd, und bei genauerer Betrachtung sah das Mädchen selbst aus, als bräuchte sie eine Woche mit Hühnerbrühe im Bett. Unter der dicken Schminke waren Augenringe zu erkennen, und ihre Wangen wirkten wie von langem Weinen angeschwollen.

»Sie haben Madames Schwächeanfall gestern ja selbst miterlebt, und Madame ist noch immer krank ...«, erklärte Katej und ergänzte nach einigem Zögern: »Und wir fürchten außerdem ... nun, wir haben Anweisung, müssen Sie verstehen ... Wir bedauern es persönlich sehr, aber Madame Schlee wird Madame Garbo nicht ...«

»... nicht selbst bedienen können. Weil sie ja krank ist«, beendete Daisy den Satz hastig und strahlte, als wolle sie Reklame für Zahnpasta machen. »Nehmen Sie doch Platz! Möchten Sie erst einmal ein Glas Champagner?«

»Unbedingt«, sagte Mercedes, denn sie hatte noch nicht gefrühstückt, und Champagner schien ihr ein ordentlicher Auftakt zu dem, was vielleicht der erste Tag ihres Richtungswechsels im Leben werden sollte.

»Katej wird rasch eine Flasche holen, während ich Ihnen vielleicht schon einmal die ersten Kleider zeige?«, bestimmte Daisy und warf ihrer Kollegin einen keineswegs freundlichen Blick zu.

»Oh, wie wunderbar. Ich hatte von vielen Kundinnen gehört, dass es etwas schwierig bei Madame Valentina ist, weil man nie recht weiß, was sie eigentlich näht. Aber wenn Sie mir ein paar Kleider zeigen, dann bekommt man ja schon ein Gefühl dafür«, hauchte die Garbo, und diese Worte zogen die Blicke aller auf sie. Sie hatte eine leise, etwas rauchige Stimme, aber doch war es eine Stimme, die man bis in den hintersten Winkel eines Theatersaals würde hören können. »Im Übrigen habe ich schon befürchtet, dass Madame Schlee erkrankt sein könnte. Sie hatte einen erneuten Schwächeanfall in der Oper, ich habe heute Nacht lange mit ihrem Gatten telefoniert.«

Daisy blickte ungefähr so entgeistert drein, wie Mercedes sich fühlte. Sie hatte bisher nicht einmal gewusst, dass die Garbo und Valentina sich kannten. Sie hatte immer geglaubt, sie würde die beiden einander vorstellen. Und nun wurden da nächtliche Telefonate geführt – mit dem guten alten George.

Das war Mercedes nun wirklich nicht recht. Wenn es einen Mann gab, der ihr beim Kampf um die Frauen gefährlich werden konnte, dann war es George Schlee. Dabei sah er nicht einmal besonders gut aus! Aber er hatte so etwas ...

Wenn der ihr die Garbo vor der Nase weggeschnappt hätte, das wäre kaum auszuhalten!

Mercedes fasste sich und erklärte: »Wie dem auch sei, Daisy ist nicht nur eine der schönsten Rosen des Südens, sondern auch selbst eine wahre Künstlerin. Sie wird Madame Valentina bis zu ihrer Genesung sicherlich wunderbar vertreten können.«

»Aber Madame hat uns Anweisungen gegeben, und wenn wir uns nicht daran halten, sind wir unsere Stelle los!«, erklärte Katej scharf.

Mit einem Silbertablett voll Champagnergläser und einem mit Eis gefüllten Kühler, aus dem gleich zwei Flaschenhälse ragten, kam sie eben in die Empfangshalle zurück. »Und nur weil Daisy mit dem Leben abgeschlossen hat, hänge ich trotzdem an meiner Arbeit, und deshalb bedauere ich es außerordentlich, aber ich muss Ihnen mitteilen, Madame Garbo, dass Madame Schlee nicht für Sie arbeiten möchte.«

»Weil das Entwerfen von Kleidern für einen solchen Filmstar wie Sie nämlich keine Arbeit ist, sondern das reine Vergnügen. Ach was, Vergnügen? Eine Ehre! Und jetzt stoßen wir erst einmal auf die Gesundheit unserer Madame Schlee an! Sie soll ganz rasch genesen und wieder ihr altes, geschäftstüchtiges Selbst sein, das vor Fehleinschätzungen gefeit ist und alte Fehleinschätzungen auch als solche erkennt.«

»Besonders Letzteres«, murmelte Katej leise, dann füllte sie die Gläser randvoll und verteilte sie. »Auf Madame Schlee und ihre Gesundheit.«

»Es ist einfach so, und das habe ich auch zu Greta gesagt, dieser Adrian hasst Frauen«, konstatierte Mercedes, nachdem sie ihr Glas in einem einzigen langen Zug geleert hatte. Sie schenkte allen noch einmal nach und warf sich auf die mit Seide bespannte Chaiselongue, die unter so viel Schwung kläglich aufwimmerte, doch sie fuhr ungerührt fort: »Adrian ist eben ein Mann, er hat keine Ahnung vom weiblichen Körper und zieht uns an, wie er sich selbst nicht anzuziehen traut. Ich habe gesagt, damit ist nun endgültig Schluss, das Kleid für die Premiere entwirft

Valentina. Soll dieser Stümper doch sehen, wie schön du sein kannst. Die Premiere ist am zehnten November in der Radio City Music Hall. Da hat sie noch reichlich Zeit.«

Die Garbo schwieg und sagte dann leise: »Ich werde nicht hingehen. Ich mag keine Premieren. Es ist mir peinlich, so begafft zu werden.«

Mercedes de Acosta maß sie kurz mit einem prüfenden Blick, dann sprach sie einfach weiter: »Das Ergebnis von Adrians Bemühungen ist geradezu lächerlich. Zeig ihr den Hut, Darling.«

Und wie ein braves Kind entnahm die Garbo ihrer überraschend großen Handtasche eine Art Blumenvase aus Filz. Oder sollte es eine Saugglocke aus Stoff sein?

»Trag ihn mal, damit sie sehen, warum wir hier sind.«

Und wieder gehorchte die Garbo, setzte sich das Ding auf den Kopf. Sie sah damit aus ... nun ja, wie eben ein sehr schöner Mensch aussieht, der sich aus welchen Gründen auch immer eine Saugglocke aus grünem Filz auf den Kopf setzte.

»Ja, das ist in der Tat ungewöhnlich«, gab Daisy nachdenklich zu. »Das ist wirklich ein bemerkenswertes Modell.«

»Von wegen Modell! Das ist ein Pümpel, so etwas verwenden die Menschen, um eine verstopfte Toilette wieder in Schwung zu bringen. Der letzte Mensch, der sich so ein Ding freiwillig auf den Kopf gesetzt hat, war vier Jahre alt.« Mercedes schüttelte sich. Während sie ihren eigenen Dreispitz mit einer raschen Berührung liebkoste, fuhr sie fort: »Und das Ding trägt Greta nun auf der Leinwand. In einer entscheidenden Szene. Es ist doch nicht auszuhalten.«

Vermutlich war es der Champagner auf nüchternen Magen, oder es war die durchweinte Nacht, oder vielleicht war Daisy auch einfach im Lauf der letzten Jahre die Erkenntnis gekommen, sie könnte sagen, was sie wollte, weil ohnehin niemand zuhörte, und so beging sie eine Todsünde: Sie widersprach einer Kundin.

Sanft lächelnd sagte sie: »Ich finde den Hut genial. Obwohl ich Ihre grundsätzliche Meinung zu Herrn Adrian teile, hat er sich hier selbst übertroffen. Dieser Hut ist tatsächlich Kunst – er zeigt einerseits, dass Mode immer die Jagd nach neuen, noch nicht gesehenen Formen und Stoffen, nach Ideen bedeutet. Und natürlich ist das ein alberner Hut, aber er weiß es selbst – dieser Hut macht einen Scherz auf seine eigenen Kosten. Jeder Mann – und vermutlich auch jede Frau – hat beim Anblick eines fremden Hutes doch schon gedacht: Er sieht aus wie ein Lampenschirm. Aber dieser Hut weiß das, und gerade deshalb zeigt er doch, was Mode kann. Man muss sie nicht ernst nehmen, und sie verletzt niemanden, aber am Ende gelingt es ihr mit ihren flatterhaften

Verlockungen eben manchmal doch, die Welt zu verändern.«

»Es ist tatsächlich dieser Hut, der meine Heldin vom Kapitalismus überzeugt.«

Die Garbo betrachtete Daisy auf einmal neugierig, und in ihrem marmorhaften Gesicht war plötzlich ein Fünkchen Leben zu erkennen. Sie bekannte: »So habe ich diesen Hut noch nie gesehen.«

»Daisy, du machst Werbung für die Konkurrenz«, entgegnete Katej trocken und füllte noch einmal nach.

Mercedes de Acosta aber schüttelte den Kopf. Sie sagte fast ein wenig aufgebracht: »Mode ist eine ernste Sache. Mode ist kein Witz. Sie ist politisch, denk doch nur an die Uniformen der Faschisten oder an die Kleider der Suffragetten. Mode spiegelt die Gesellschaft, und zwar gleich doppelt: Einmal so, wie sie ist, und einmal so, wie sie gerne wäre. Und wenn dieser Hut ein Witz ist, dann ein gemeiner – er macht sich lustig über uns Frauen, über den Wunsch, sich zu schmücken und über die Sehnsucht nach Schönheit. Und Mode ist noch mehr, sie ist gefährlich. Nicht nur bringt sie uns dazu, Dinge besitzen zu wollen, die vollkommen überflüssig sind, sie verführt uns auch zur Oberflächlichkeit. Die Dame in dem schlecht sitzenden Kleid mit der ungeschickten Länge kann ein ganz zauberhafter Mensch sein, doch wir werden es nie erfahren, weil wir uns an dem Kleid stören.«

»Aber das ist weder die Schuld des Kleides noch die der Dame.«

Daisy spürte, wie eine Woge der Freude sie durchströmte: Sie vertrat einen Standpunkt! Keinen besonders wichtigen, aber es war ihr eigener.

»Der Fehler liegt ja bei uns, wenn wir uns daran stören, dass ein anderer Mensch ein schlecht sitzendes Kleid trägt, oder?«

Darauf fiel scheinbar niemandem eine Erwiderung ein, und einen Moment lang herrschte vollkommene Stille in dem kühlen Empfangsraum. Dann sagte Daisy: »Darf ich Ihnen nun also die Modelle zeigen?«

Und die Garbo schien gerade nicken zu wollen, da wurde die Tür aufgerissen und herein trat – nein, wirbelte – eine kleine, in rosa-, lila- und türkisfarbene Tüllwolken gewandete, von bunten Tüchern umflatterte, über und über mit Tüten beladene Gestalt. Der Boy folgte ihr, er hatte wohl vergeblich versucht, die Verwirrte am Eindringen zu hindern, aber sie war zu schnell und zu entschlossen gewesen.

Daisy starrte sie an, und es dauerte einen Moment, bis die grässliche Erkenntnis einsetzte. Sie wusste, wer das war. Sie kannte diese Frau nur zu gut.

KAPITEL 22

George Schlee hatte seinen alten Armeerevolver in der Tasche, und die Finger seiner rechten Hand lagen ganz locker darauf. Er fand sich ein wenig albern, fühlte sich jedoch behaglich an seine Anfänge in New York erinnert, damals, als er sich sein erstes Börsenkapital mit Alkoholschmuggel und anderem Unerfreulichen verdient hatte.

Er war weit gekommen und hatte nicht vor, sich abermals alles nehmen zu lassen. Von niemandem, auch nicht von dieser seltsamen Anruferin, die sich Greta Garbo genannt hatte. Ein Treffen im Plaza – eigentlich kein Ort für eine Erpressung, aber wer wusste schon, was sich dahinter verbarg?

Er war durch viel Schmutz gewatet, doch nun,

als er vor dem Prachtbau des Hotels The Plaza, 786 5th Avenue, aus der Taxe stieg, strahlten seine Gamaschen blendend weiß.

Er hatte schon zu oft bei null anfangen müssen. Er würde es nicht noch einmal tun. Unter dem Maßanzug, unter der Seidenwäsche, in den Tiefen seiner Brust war er ein Schleesky. Und einem Schleesky drohte man nicht.

Er war Georg Schleesky, Enkelsohn des alten Iwan Schleesky. Dieser war von unzerstörbarer Gesundheit gewesen, gegen Napoleon hatte er sich einen Bauchschuss, einen Schlüsselbeinbruch und eine zertrümmerte Kniescheibe eingefangen. Aber als er ehrenvoll aus der Armee entlassen wurde, war er schon wieder so unternehmungslustig, dass er die Tochter des Besitzers des besten Hotels von Jalta in Schwierigkeiten brachte. Und weil er vermutlich sonst nicht wusste, was er tun sollte, beschloss er, zu heiraten und Hotelier zu werden. Kein besonders guter, wenn auch ein besserer als sein Sohn, den nur ein unerwarteter Hirnschlag daran hinderte, das Familienvermögen am Billardtisch zu verjubeln.

Der Enkel Georg Schleesky jedoch war für sein Erbe als Hotelier geschaffen gewesen. Schon als Kind, an der rauen Hand seines Großvaters, hatte er die gleichermaßen geheime wie geheimnisvolle Geschäftigkeit tief in den Kellern ihres Hotels geliebt. Mit staunenden Augen hatte er beobachtet, wie der Fleiß dieser gesichtslosen Menschen im Dunkeln den Müßiggang jener oben im Licht erst ermöglichte.

Wie eine eigene Welt war es ihm vorgekommen. Da gab es den Dschungel des Dampf, Lauge und seifige Sauberkeit schwitzenden Wäschekellers, die Arktis des Eishauses, in den Küchen verbreiteten sich die Düfte der zuckrigen Sahne und der schmelzenden Schokolade von Paris, der in heißem Olivenöl schwimmenden Kräuter Italiens, der gebratenen Fische Athens.

Es war George Schleeskys Stolz gewesen, alles zu wissen, alles zu prüfen, und er genoss das Wissen, von allen am härtesten zu arbeiten, er stand als Erster auf und ging als Letzter zu Bett.

Es war sein Glück gewesen, und er hatte um dessen Einmaligkeit und Zerbrechlichkeit gewusst, weshalb er den Kommunisten seine Zerschlagung nicht nachtrug. Glück war nichts Dauerhaftes.

Aber er versuchte nie wieder, ein Hotel zu eröffnen.

Geld konnte er immer und überall machen, aber ein Hotel führen, das konnte er nur in Jalta.

Und so nickte er dem schneidigen Uniformträger an der Eingangstür des Plaza zu, fuhr mit raschen Fingern über den Griff seines Revolvers und registrierte mit wohlwollendem Kennerblick die tiefe Verbeugung des Portiers. Aufrecht ging er an der blitzenden Üppigkeit der Rezeption vorbei.

Springbrunnen hatten sie in Russland schönere gebaut, davon verstanden die Amerikaner herzlich wenig, und der Boden – obwohl spiegelnd glänzend – hätte an den viel benutzten Wegen doch dringend frisch gewachst gehört.

»Mr. Schlee? Ich habe eine Nachricht für Sie«, erklärte der Concierge. Hager, mit eleganter Hakennase, verbreitete er genau das richtige Maß an Snobismus, um Neureiche aus Chicago abzuschrecken. »Ihre Verabredung lässt sich entschuldigen. Sie bat mich, Ihnen das auszuhändigen.«

Und mit diesen Worten reichte er George einen cremefarbenen Umschlag nebst einem Brieföffner auf einem kleinen silbernen Tablett.

»Danke«, entgegnete George und schnitt mit einer raschen Bewegung die Falz auf.

Heraus fiel eine schlichte Visitenkarte, vorne in tiefschwarzen Buchstaben nichts als ein Name und auf der Rückseite in seltsam sorgfältiger Kleinmädchenschrift die Sätze: *Ich bin leider verhindert. Warum kommen Sie nicht auch zu Ihrer Gattin?*

KAPITEL 23

E r lässt sich von mir scheiden, nach allem, was ich erduldet habe.«

Mit diesen Worten stürzte Daisys Tante, grell gewandet, am Boy, an Mercedes de Acosta und auch an der großen Garbo vorbei auf ihre Nichte zu. Einen Moment lang starrten alle sie sprachlos an, und als habe sie immer nur darauf gewartet, das einmal zu sagen, fuhr sie hastig, ohne Luft zu holen, fort: »Für seine Sekretärin! Für ein Mädchen, das seine Tochter sein könnte. Ist das nicht geschmacklos? Und ich, ich habe mich all die Jahre bemüht, den Schein zu wahren. Ich habe vor den Nachbarn gelogen und vor der Familie so getan, als merkte ich nichts, und jetzt lässt er sich scheiden!«

Daisy war von dem Redeschwall mindestens so überwältigt, wie von der Fahne ihrer Tante betäubt, doch sie fing sich rasch, erklärte in geschäftsmäßigem Ton: »Madame de Acosta, Madame Garbo. Darf ich vorstellen? Meine Tante.«

»Höchst angenehm, Sie kennenzulernen!«, sagte die de Acosta und meinte es wirklich so. Kaum hatte sie diesem jungen Mann einen Brief geschrieben, schon passierten in ihrem Leben plötzlich wieder unerwartete Dinge. »Ich sehe, Sie kommen von einem kleinen Einkaufsbummel?«

Mit ihrem rot lackierten Zeigefinger deutete sie auf die Unzahl von Tüten, aus denen sich nun wahre Berge von Kleidern auf dem Marmorboden ergossen. Auch die übereinandergezogenen Lagen an Tüllkleidern, die der molligen Figur von Daisys Tante nicht eben schmeichelten, wurden in diese Geste miteinbezogen.

Sie blickte Mercedes aus ihren einstmals schönen, nun von geplatzten Äderchen durchzogenen Veilchenaugen an, seufzte tief und sagte sachlich: »Letzte Nacht hat meine Nichte mir in einem Gespräch die Augen geöffnet, und ich hatte beschlossen, mich umzubringen. Aber stellt euch vor, dann fiel mir ein, ich habe nicht einmal ein schönes Leichenhemd. Was sollen die Leute dann von mir denken? Da bin ich los, um eins zu kaufen oder eben ein paar, damit ich die Auswahl habe.«

»Du möchtest in einem zwei Nummern zu kleinen Tüllkleid in Apfelgrün beigesetzt werden?«, fragte Daisy etwas zögernd nach, befand es dann aber für eine zumindest originelle Idee und sagte in ihrem nüchternen Verkaufston: »Damit das Kleid ordentlich fällt beziehungsweise liegt, müsste der Sarg eine Spezialanfertigung sein, Überbreite. In einem Standardsarg krumpelt das sehr unschön. Den Anblick kannst du Familie und Nachbarn nicht zumuten.«

Tante Melanie sah ihre Nichte einen Moment lang nachdenklich an, dann mussten sie alle laut lachen.

Nachdem sie sich etwas beruhigt hatten, sagte Mercedes de Acosta: »Ich bin sehr froh, dass Sie erst einmal hierhergekommen sind! Madame Valentina hat für jeden Anlass das passende Kleid, und es wäre ein Jammer, wenn Sie auf Ihrer eigenen Beerdigung schlecht angezogen erschienen. Denken Sie nur, was die Leute sagen würden. Außerdem haben Sie ja nur das eine Begräbnis, zumindest solange Sie nicht auf Tour gehen – wie Lenin.«

Wieder mussten sie lachen, dann schlug Daisy vor: »In dem Fall würde sich die teure Anschaffung lohnen, aber ich rate doch zu einer weniger drastischen Lösung.«

»Sollen wir vielleicht ihren Gatten umbringen lassen?«, brachte Katej sich ein. »Ich habe mal mit einem geschlafen, wie hieß der bloß ...? Guiseppe

213

oder Mario? Oder doch Peter? Na, egal, jedenfalls habe ich mal mit einem geschlafen, der kennt einen, der so was für die italienische Mafia erledigt. Falls gewünscht, stelle ich jederzeit den Kontakt her.«

»Vielleicht als Notlösung«, sagte Daisy grinsend und griff nach der Hand ihrer Tante: »Nein, du brauchst keinen Mörder, du brauchst ein Scheidungskleid.«

»Ein was?«, fragten die Garbo und Daisys Tante wie aus einem Mund. »Was soll denn das sein?«

»Na, ein Scheidungskleid eben. Wie ein Brautkleid, nur viel aufwendiger. Madame Valentina hat vor ein paar Jahren eines für Mary Pickford entworfen, und ich will nicht übertreiben, aber dass sie ihr geliebtes Anwesen Pickfair bei der Scheidung herausgeschlagen hat, das verdankt sie nur diesem Kleid. Ein Scheidungskleid ist wie ein Rachekleid, es zeigt dem Betreffenden auf eindeutige und gleichzeitig subtile Weise, was für einen Riesenfehler er gerade gemacht hat. Madame wird sich bestimmt etwas einfallen lassen.«

»Ja«, sagte Mercedes de Acosta. »Madame Valentina wird Ihnen ein Kleid nähen, in dem Sie aussehen wie eine Königin. Und in diesem Kleid werden Sie Ihrem grässlichen Gatten sagen, dass Sie in die Scheidung einwilligen. Und dann sagen Sie ihm, dass Sie ihn seit Jahren mit mir betrogen haben!«

»Aber das habe ich doch gar nicht!«

»Wissen wir's? Sie trinken zu viel, ich trinke zu viel, und ich habe außerdem ein schlechtes Gedächtnis. Außerdem ...«, sie zwinkerte ihr kokett zu, »wenn Sie erst dieses neue Kleid haben ...«

In die allgemeine Heiterkeit hinein jedoch sagte Katej ernst: »Sollen wir vielleicht morgen mit Ihnen zu Macy's gehen und was Hübsches aussuchen? Sie müssen wissen, Madame Valentina arbeitet nicht für Menschen wie Sie ...«

Alle Augen waren nun auf Katej gerichtet, die in entschuldigendem Ton erklärte: »Es tut mir ja auch leid. Aber so ist es doch. Madame näht keine Kleider für kleine mollige Frauen – nur für reiche, schöne und mächtige.«

»Nein, da irren Sie sich.«

Valentina Schlee höchstselbst stand auf einmal in der Tür. Sie wirkte noch ein wenig schwach, aber doch schon wieder ganz sie selbst.

»Ich nähe für Kundinnen, die es wert sind. Frauen, die etwas zu sagen haben, selbst wenn sie schweigen. Ich nähe großartige Kleider für großartige Frauen. Überlebensgroße Kreationen für Frauen mit über-lebensgroßen Schicksalen.«

Ihr schönes, kantiges Gesicht nahm einen herrischen Ausdruck an, und mit diesem Ausdruck ließ sie ihren Blick zwischen Mercedes de Acosta und Daisys Tante hin und her wandern. Dann fiel er auf Greta Garbo, und ihre Kiefermuskeln traten hervor, so fest biss sie die Zähne zusammen. Ein leichtes Zittern überlief ihren ganzen Körper, sie schien jeden Moment in Ohnmacht zu fallen. Wenn sie nicht vor Wut explodierte.

»Madame, es ist alles anders, als es aussieht«, stammelte Katej, aber Daisy schüttelte den Kopf.

»Doch«, sagte sie und war selbst überrascht, wie fest ihre Stimme klang. Ihr Herz schlug ihr bis zum Hals, dennoch wusste sie, was sie zu tun hatte. »Ich habe gegen Ihre strikten Anweisungen verstoßen, Katej wollte mich daran hindern. Bitte entlassen Sie nur mich. Es war allein mein Fehler.«

Valentina sah sie aus ihren dunklen Augen an, dann holte sie tief Luft und sagte: »Es kommt selten vor, Miss Goldenblatt, aber ich habe keine Ahnung, wovon Sie reden? Meinen Sie den Umstand, dass Sie sich erdreistet haben, Kleider zu Vorführungszwecken aus dem Sicherheitsschrank zu holen?« Sie zeigte mit dem Kinn auf den Rollwagen mit den fertigen Modellen. »Ja, das ist ungewöhnlich, aber ich gestehe Ihnen zu, dass Sie sicher die besten Absichten hatten. Aber eine Madame Garbo ...«

Sie ließ den Satz unvollendet und sah Greta an.

Einen Moment lang musterten sie einander. Wie ähnlich sie sich sahen, wie ähnlich Greta ihrer Schwester sah ... Kein Wunder, dass sie sie für deren Geist gehalten hatte. Am liebsten hätte Valentina mit der Hand über die makellose Haut der anderen gestrichen, ganz sanft und vorsichtig. Oder wollte sie doch mit ihren Nägeln Bahnen in das helle Fleisch ziehen, Spuren hinterlassen, Besitz verkünden?

»Ich glaube, wir werden wunderbar zusammenarbeiten«, hauchte die Garbo, und Valentina nickte stumm. Sie staunte noch über die Schönheit, die ihrer eigenen so sehr glich. Sie konnte sich im Dunkeln von Gretas Augen spiegeln – nie wieder würde sie einen Taschenspiegel brauchen, nie wieder würde sie sich verlieren.

»Was ist denn nun mit meinem Kleid?«, riss Daisys Tante sie aus ihrer Verzauberung, und Daisy, die nicht recht verstand, was eigentlich gerade passierte, sagte zögernd: »Madame Schlee hat eben immer nur zweihundert Kundinnen, und deshalb wird sie wohl nicht für dich arbeiten können. Aber wenn du magst, werden Katej und ich gemeinsam mit dir ein Kleid kaufen gehen.«

»Sie kann meinen Platz haben«, mischte sich Mercedes de Acosta ein. »Ich werde New York vermutlich demnächst für längere Zeit verlassen. Ich plane, nach Europa zu reisen, vielleicht finde ich dort ein Thema für meinen neuen Roman?«

»Danke, Mercedes, aber das wird nicht nötig sein.« Valentina Schlee hatte all ihre Entrücktheit abgelegt, sie klang überaus energisch. »Grundsätzlich glaube ich, dass es auch bei Macy's Zauberhaftes für Scheidungserklärungen gibt und es vollkommen unnötig ist, ein Kleid bei mir zu kaufen. Bei Mode wird es immer um die Trägerin oder den Träger gehen. Wenn eine Frau glücklich verliebt ist, kann sie sich eine Angel-Food-Cake-Form auf den Kopf setzen, und jeder wird ihr zu ihrem neuen Hut gratulieren. Und Ihnen, Miss Goldenblatt, nützt heute auch Ihr sonst so kleidsames Saleslady-Dress nicht, um darüber hinwegzutäuschen, dass Sie unglücklich sind. Aber was Mode kann, ist Sicherheit geben, und es liegt im menschlichen Naturell, dass wir teurere Dinge für wertvoller erachten. Und meine Kleider sind mit die teuersten, die es in ganz Amerika gibt. Deshalb verleihen sie ihren Trägerinnen auch besonders viel Sicherheit. Und deshalb wiederum würde ich mich freuen, für Ihre Tante zu arbeiten.«

»Sie wird die Kundin Nummer zweihundert«, flüsterte Greta. Etwas wie ein schelmisches Lächeln blitzte in ihren Augenwinkeln auf. »Und ich, ich werde Kundin zweihunderteins.«

»Das ist doch ein Wort! Katej, hol weitere Gläser«, befahl Mercedes. »Dann trinken wir auf meine Reise nach Europa und auf die Scheidung. Dass sich beides lohnen möge.«

Und im allgemeinen Geklirr griff Valentina nach Gretas Hand, die ganz warm und überhaupt nicht fremd war, und leise, nur für sie beide, sagte sie: »Meine zweihunderterste Kundin!«

So hätte es bleiben sollen, doch da flog schon

wieder die Tür auf, herein trat George Schlee. Die sonst so distinguiert blassen Wangen rot glühend, schwenkte er die Mittagszeitung und rief: »Stalin und Hitler machen gemeinsame Sache!«

KAPITEL 24

itler-Stalin-Pakt! Europa in Aufruhr!«
»Hitler-Stalin-Pakt! Europa am Abgrund!«
So riefen es die beiden Zeitungsjungen abwechselnd
aus. Ihrem ausgelassenen Hin und Her zufolge hätte
man meinen können, es handle sich um einen aus-
gesprochenen Glücksfall – und vermutlich war es das
auch, zumindest für die Auflagenhöhe der Abend-
zeitungen. Auch schienen die meisten der Richtung
Feierabend und Abendbrot strömenden New Yorker
diese neue Entwicklung mehr mit gespanntem Interesse als mit Schrecken zu verfolgen.

Daisy, die sich in der Menschenflut in Richtung
des Central Parks drückte, betrachtete die Haltung
jedoch mit leichter Verzweiflung.

Katej hatte keine Minuten gebraucht, um zu erkennen, wie genial Genosse Stalin das wieder eingefädelt hätte. Auf diese Weise könnte er Deutschland viel besser kontrollieren und so den Frieden schützen. Davon würde sie jetzt überzeugt bleiben, bis ein anderer Politiker mit noch seelenvollerem Blick ihr das Gegenteil erklärte.

George Schlee für seinen Teil schien die Gefahr in Europa grundsätzlich eher vom wirtschaftlichen Standpunkt aus zu sehen, und von diesem her war er nicht nur unglücklich. Krieg war immer gut fürs Geschäft. Und weil dem so war, beschloss er zur Feier des Tages, seine Gattin und die Garbo zum Lunch auszuführen.

Valentina war sehr blass gewesen.

Sie hatte nichts gesagt, aber ein seltsam feuchter Glanz lag über ihren Augen, und als sie schließlich Seite an Seite mit George und der Garbo den Laden verlassen hatte, da schien sie sich ungewöhnlich fest an die Hand ihrer zweihundertersten Kundin zu klammern.

Ein kleines Mädchen, das sich an der älteren Schwester hielt.

Daisy konnte ihre Gefühle verstehen, auch sie eilte mit Angst in der Brust zwischen den in den Feierabend strömenden Flaneuren hindurch. Vielleicht war es aber auch gar nicht die sich über Europa zusammenbrauende Kriegsgefahr. Vielleicht war es allein die Sorge vor der Begegnung mit Christopher. Oder es war der Nachhall dieses doch denkwürdigen Arbeitstages?

Nachdem die Schlees und die Garbo entschwunden waren, blieb es Daisy überlassen, Katharine Hepburns Nachmittagskleid abzustecken, mit Eleanor Roosevelt wegen der ersten Anprobe zu telefonieren und das sonstige Tagesgeschäft zu erledigen. Sie tat es gerne.

Katej hatte indessen Daisys Tante vermessen, und gemeinsam hatten sie auch schon eine Vorauswahl bei den Stoffen getroffen – die letzte Entscheidung würde natürlich Valentinas Genie obliegen.

Daisy staunte, wie gut die beiden miteinander auskamen – man hätte meinen können, sie würden sich schon ein Leben lang kennen. Nun waren sie gemeinsam zu dem Italiener gegangen, über dem Freddy wohnte, gemäß Katejs Grundsatz: In einem mit Hackbällchen und Dolce gefülltem Magen war für Kummer deutlich weniger Platz.

Daisy war jedoch nach Hotdogs gewesen. Wobei sich ihr mit jedem Schritt in Richtung Central Park die Kehle etwas mehr zuschnürte.

Was wollte sie Christopher denn sagen? Dass sie ihn gern hatte und ein bisschen mehr als das, ziemlich viel mehr sogar, um ganz ehrlich zu sein? Aber sie verstand seine Beweggründe, nach Spanien zu gehen, und vielleicht bewunderte sie ihn dafür sogar.

Jedenfalls wollte sie ihm sagen, dass sie ihre Verlobung endgültig lösen würde – zumindest wenn Alistair es nach ihrem gestrigen Auftritt nicht sowieso schon begriffen hatte. Aber das war im Grunde ihre eigene Entscheidung und hatte nichts mit Christopher zu tun. Oder nicht nur. Sie wusste nun, sie wollte in New York bleiben, vielleicht bei ihrer Tante, vielleicht auch in einem Wohnheim wie Katej, das würde sich zeigen – vielleicht auch in einer eigenen Wohnung, sie hatte das Gefühl, dass Madame sie in nächster Zeit viel brauchen würde, und da plante Daisy durchaus, nach einer Gehaltserhöhung zu fragen.

Dann würde sie Christopher bitten, ihr zu schreiben – es musste nicht täglich sein, nur wenn er wirklich Lust dazu hatte, und wenn er wieder zurückkkam, würden sie weitersehen. Wenn er nur zurückkkam.

Und wenn er sie überhaupt noch mochte, immerhin war er in der Nacht zuvor nicht gekommen.

Wobei sich Daisy da eigentlich keine allzu großen Sorgen machte, dafür kannte sie ihren Christopher zu gut – der küsste ja nicht einfach so die Verlobten anderer Männer.

»Europa am Abgrund?«, variierte der eine der beiden Zeitungsjungen seinen Werberuf, und Daisy holte tief Luft. Hinter der nächsten Ecke verbarg sich Christophers Hotdog-Stand. Man konnte die brutzelnden Würste schon riechen.

Aber was, wenn er gar nicht da war? Immerhin wollte er am Donnerstag an Bord gehen, da gab es viel vorzubereiten.

Daisy blieb stehen. Ihr Herz schlug ihr bis zum Hals, doch dann gab sie sich einen Ruck – sie hatte in den letzten Tagen schon so viel getan, was sie sich niemals zugetraut hatte, sie würde auch Christopher gegenübertreten können. Sie würde es schaffen, das wusste sie ganz genau.

Und entschlossen ging Daisy weiter.

KAPITEL 25

MANHATTAN
OKTOBER 1939

Sie hat sich liften lassen. Ganz eindeutig.«
Die Dame, die sich eben neben Daisy an den Tisch mit den Häppchen drängelte, nickte ihrer Begleiterin zu, woraufhin diese eifrig fortfuhr: »Ich habe gehört, man sieht die Narben vom Lifting, wenn die Haare verrutschen.«

»Da irren Sie sich«, mischte Daisy sich ein und füllte rasch ihren Teller. »Mrs. Roosevelt hat sich keineswegs liften lassen. Sie hat einen neuen Liebhaber. Einen Filmstar, wenn ich richtig informiert bin, ist er noch keine dreißig. Er soll sehr ... stürmisch sein.«

Und mit dieser brandheißen Neuigkeit ließ sie die beiden Klatschtanten gut gelaunt stehen. Wenn sie schon herumliefen und Lügen verbreiteten, dann war ein leidenschaftlicher Schauspieler doch nicht nur für potenzielle Zuhörer interessanter, sondern für die First Lady auch ungleich schmeichelhafter.

Aber Madame Valentina hatte sie ja gewarnt, das neue Kleid stand Eleanor Roosevelt einfach umwerfend.

Da konnte Madame im vertraulichen Gespräch noch so oft betonen, es sei am Ende allein die Trägerin, die über die Wirkung eines Kleides entschied – einen letzten Funken Magie aber besaßen Valentinas Kleider trotz allem.

Daisy ließ den Blick schweifen, suchte Madame Valentina, mit der zusammen man sie eingeladen hatte. Es war schon die vierte oder fünfte Veranstaltung dieser Art, die Mrs. Roosevelt gab, um zusammen mit dem deutschen Widerstandskämpfer Adam von Trott zu Solz Unterstützer und Geldgeber für einen innerdeutschen Putsch zu sammeln.

Der junge Mann hatte nur kurz gesprochen, sein Bedauern über den von Deutschland vor einigen Wochen angezettelten Krieg ausgedrückt, sich ansonsten jedoch in Schweigen gehüllt, als reiche seine bloße Existenz schon, um die Möglichkeit eines militärischen Umsturzes zu verheißen.

Er sah aber auch sehr hübsch aus, vor allem besaß er diesen idealistischen Glanz in den Augen, den Daisy nur zu gut kannte.

Ihr Herz krampfte sich sehnsuchtsvoll zusammen – Christopher war nicht länger in Spanien, der Kriegsausbruch hatte ihn ebenso überrumpelt wie vermutlich den Rest Europas, und hastig war er per Zug, per Laster und teilweise wohl auch zu Fuß nach Frankreich gereist. Dass er dort als einer der ersten amerikanischen Journalisten eingetroffen war, hatte sich sehr günstig auf sein Zeilenhonorar ausgewirkt, und in der nächsten Ausgabe der *TIME* würde er den Leitartikel verfassen.

In Paris hatte er Mercedes de Acosta wiedergefunden, immer noch seine größte Bewunderin. Sie schwor, allein seine Prosa habe sie aus ihrer gemütlichen Lethargie gerissen. Blendend sah sie wohl aus, nur ein wenig abgespannt, führte die Pariser Damenwelt sie doch ständig in Versuchung.

Christopher für seinen Teil versicherte, vor derartigen Anfechtungen gefeit zu sein, und beendete seine fast täglich eintreffenden Briefe stets mit: *In Liebe, Dein C.*

Aber auch sonst hätte Daisy ihm vertraut, für sie beide war die Liebe einfach, sie hatten einander gefunden und sich füreinander entschieden, der Rest ergab sich.

Auch Daisy schrieb ihm oft und lang, es gab viele Veränderungen in ihrem Leben – traurige, wie der Umstand, dass ihre Familie nicht mehr mit ihr sprach, weil sie dem armen Mr. Fraser das Herz gebrochen hatte und das auch noch so gründlich, dass er schwor, nie mehr nach Louisville zurückzukehren.

Der geliebten Erinnerung an die gemeinsame Zeit mit Daisy wegen blieb er in New York und versuchte dort, sich von dem schweren Schock zu erholen. Daisy sah ihn nun manchmal zufällig, wenn sie morgens ins Geschäft lief – dann saß er schon an der Haltestelle Wall Street, den Block auf den Knien, einen gespitzten Bleistift in der Hand. Sie erkannte nach wie vor nicht, was er da malte, aber sie lächelten einander immer freundlich zu, versprachen einander im Vorbeigehen, mal zu telefonieren, wussten jedoch beide, dass sie nie anrufen würden. Sie hatten sich ja nie viel zu sagen gehabt.

Doch es gab auch viel Schönes, die Scheidung ihrer Tante ging gut voran, ihr Onkel war bereits ausgezogen – widerstrebend, denn seit ihre Tante so schick aussah und abends plötzlich bei jungen Italienern speiste, war er von seiner Idee gar nicht mehr so überzeugt. Es half ihm nichts, er musste weichen – schon weil die Tante Katej sein Büro als neue Wohnung versprochen hatte.

Und dann natürlich das Schönste: die Arbeit bei Madame Valentina, die Daisy so viel Freude machte – ganz besonders, weil Madame ihr immer mehr Aufgaben übertrug. Denn die war sehr beschäftigt im Moment, die komplette Garderobe der Garbo wurde von ihr übernommen und umgestellt – neben Kundin zweihunderteins blieb nicht viel Zeit für die restlichen zweihundert. Und dann der Umzug von Miss Garbo in die Wohnung über die der Schlees.

Man redete viel darüber in den eleganten Kreisen Manhattans, denn niemand wusste recht, wer hier eigentlich mit wem befreundet war – befreundet oder mehr? Valentina mit Greta, und George gab ihnen Deckung? George mit Greta und der – zähneknirschenden – Deckung seiner Gattin? Oder am Ende alle miteinander?

Auch Daisy, die Valentina fast täglich sah, wusste es nicht genau zu sagen. Aber was sie sicher wusste, war, dass Madame Valentina an diesem besonderen Abend einen ganz und gar ungewöhnlichen Hut trug. Die Art Hut, die eine Frau nur dann tragen konnte, wenn sie zugleich rasend und glücklich verliebt war.

In diesem Moment sah Daisy ein metallisches Funkeln in der Menge, da war die Modeschöpferin, und während Daisy mit dem Teller voller Häppchen zu ihr ging, fühlte sie wieder die Hoffnung, die diesen Sommer trotz all seiner Katastrophen begleitet hatte.

Die Hoffnung auf einen baldigen Frieden in Europa, die Hoffnung auf eine mögliche Versöhnung mit ihrer Familie und vor allem die Hoffnung auf eine Zukunft mit Christopher. Und ja, vielleicht würde dann auch Daisy mit einer Angel-Food-Cake-Form auf dem Kopf großartig aussehen?

NACHWORT

Wer war Valentina Schlee? Obwohl sie in den späten dreißiger und vierziger Jahren des vergangenen Jahrhunderts als eine der erfolgreichsten Modeschöpferinnen Amerikas galt, mehrfach lobend auf der *The International Best Dressed*-Liste genannt wurde und 1950 sogar ein eigenes Parfum namens *My Own* auf den Markt brachte, ist sie heute fast vollständig in Vergessenheit geraten. Durchaus auf ihren eigenen Wunsch hin, so weigerte sie sich nicht nur, den Markennamen »Valentina« an interessierte Designer:innen zu verkaufen, auch gab sie nach der Schließung ihres Ladens nie wieder ein Interview oder trat anderweitig öffentlich in Erscheinung. Angeblich lehnte sie sogar Jacqueline Kennedys Bitte ab, ihr ein Kleid für die Beerdigung von John F. Kennedy zu entwerfen.

Erst 2009 wurde Valentina vom Museum of the City of New York mit einer Retrospektiven wiederentdeckt und mit der eindrucksvoll bebilderten Biographie *Valentina: American Couture and the Cult of Celebrity* gewürdigt. Doch blieb der Versuch, ihr Leben nachzuzeichnen, eher im Vagen, denn neben einem Talent für großartige Roben hatte Valentina vor allem die Gabe, aus ihrem Leben ein Geheimnis zu machen: Mehrere Pässe mit unterschiedlichen Geburtsjahren, Geburtsorten und Schreibweisen ihres Namens lassen der Phantasie viel Raum.

Es ist nicht einmal sicher, dass sie mit George Schlee tatsächlich offiziell verheiratet war – außer Frage steht jedoch, dass sie 1923 an seiner Seite von der Krim über Paris nach Manhattan reiste und dort innerhalb kürzester Zeit eine höchst exklusive Modelinie aufgebaut hat. Woher das Geld dafür stammte, ist nicht bekannt, umso bekannter jedoch sind die Namen ihrer berühmten Kundinnen: Katharine Hepburn, Gloria Swanson, Marlene Dietrich und natürlich Greta Garbo.

Besonders Letztere könnte ein Grund dafür sein, dass man Valentina Schlees Namen auch in Deutschland schon einmal gehört hat, denn deren Gatte taucht in Biographien Greta Garbos unweigerlich auf. Als treuer Freund und Reisegenosse hat er der

»Göttlichen« über zwanzig Jahre zur Seite gestanden.

Er ermöglichte ihr schließlich auch den Umzug in »The Campanile«, der Luxusimmobilie an der East Side Manhattans, in der er und seine Gattin schon längere Zeit wohnten. Angeblich zeigte George sich dort auch für die Inneneinrichtung verantwortlich, zumindest behauptet Cecil Beaton, ein offiziell bestätigter Liebhaber der Garbo, dies, durchaus nicht ohne boshaftes Befremden.

Soweit die halbwegs gesicherten Fakten, doch selbstverständlich fiel auch den klatschfreudigen New Yorker:innen der vierziger und fünfziger Jahre auf, dass sich die Hausfreundin und die Gattin George Schlees überraschend ähnlich sahen, dass sie diesen Umstand manchmal sogar durch identische Kleidung noch bewusst betonten.

»I'm the gothic version«, soll Valentina wiederholt über die Ähnlichkeit zu Greta Garbo gescherzt haben, gerüchteweise war sogar eine Besetzung Valentinas als Greta Garbos Zwillingsschwester in deren letztem Film im Gespräch.

Auch über die Beziehung der drei wurde viel spekuliert, besonders da keine der beteiligten Parteien sich jemals öffentlich darüber äußerte – zumindest nicht eindeutig.

1940 beispielsweise kann man Valentina auf Fotografien einer Gartenparty bewundern, Arm in Arm mit ihrem Gatten und mit einer Scherpe um die schmale Taille, darauf für jeden zu lesen: *Three is a crowd. (Drei sind eine*r zu viel)*.

Ein Dementi der Gerüchte? Vielleicht, vielleicht auch nicht – denn in der Dezember-Ausgabe von *Harper's Bazaar* desselben Jahres ließ sich die Designerin in einem selbstentworfenen Rock ablichten, der entgegen ihrer sonst so schlichten Entwürfe von einer Stickerei geziert wurde: *Jamais deux sans toi* – frei übersetzt in etwa: *Niemals zwei ohne dich*.

Also doch?

Sicher ist, dass Valentina, nachdem Greta Garbo der Beerdigung von George Schlee fernblieb, ausgesprochen ungehalten reagierte und tatsächlich einen Plan aufstellte, wann wer von ihnen beiden das Treppenhaus benutzen durfte, um nicht Gefahr zu laufen, einander zufällig zu begegnen. Auch lud Valentina zahlreiche Exorzisten in ihre Wohnung, um etwaige Spuren der Garbo zu tilgen. Vielleicht nur die Reaktion einer trauernden Ehefrau? Oder doch die einer unglücklich Liebenden, deren Dreiecksbeziehung nach über zwanzig Jahren zerbrochen ist?

Wir werden es vermutlich nie erfahren, doch vielleicht war es ja so ähnlich, wie ich es in dieser Geschichte erzähle.

Auch ansonsten habe ich mir – wie bei meinen Romanen üblich – einige Freiheiten erlaubt. So war die Premiere von *Vom Winde verweht* im Dezember 1939 und nicht im Frühling. Den Namen von Mercedes de Acostas großer Liebe habe ich im Text verschwiegen, schlicht weil er in Deutschland kaum bekannt ist und es nur ein weiterer Name gewesen wäre. Er lautet Eva Le Gallienne, und wer mehr über diese interessante Dame erfahren möchte, sollte unbedingt Helen Sheehys Biographie *Eva Le Gallienne* lesen.

Etwas vereinfacht habe ich auch bei Mercedes' Schwester Rita Lydig. Diese brauchte die bei Valentina erworbene Trauergarderobe nicht nach dem Tod ihres dritten Gatten, denn die Ehe mit diesem war gar nicht erst zustande gekommen. Die Kirche hatte Einwände dagegen erhoben, dass Rita von zwei noch lebenden Männern geschieden war. Sein Vermögen vermachte er ihr freundlicherweise trotzdem.

Das erste sogenannte Scheidungskleid der modernen Geschichte wurde tatsächlich von der Schauspielerin Mary Pickford getragen, aber es war mir nicht möglich herauszufinden, wer es entworfen hat – Valentina Schlee könnte es vom Zeitpunkt und Stil her jedoch gut gewesen sein.

Im Übrigen war Mary Pickford auch während ihrer zweiten Ehe eine treue Kundin Valentinas und bat sie in den späten vierziger Jahren sogar einmal darum, für eine ihrer Charity-Modenschauen auf ihrem legendären Anwesen Pickfair ein Kleid zu entwerfen.

Weitestgehend erfunden ist Daisy Goldenblatt. Zwar hatte Valentina Schlee 1939/40 eine Saleslady dieses Namens, die in sehr selbstständiger Funktion für sie tätig war, aber über deren Aussehen und Geschichte ist rein gar nichts überliefert.

Eines aber ist wahr: Valentina Schlee trug tatsächlich eine Angel-Food-Cake-Form auf dem Kopf, denn sie war fest davon überzeugt, dass eine glücklich verliebte Frau absolut alles tragen kann. Und weil sie eine Stilikone war, gönnte sie sich noch ein paar Kuchengabeln und Löffel als Accessoire. Muss man sie dafür nicht einfach lieben?

DANKSAGUNG

Zunächst ein großes Danke an meine vier zauberhaften Ritter:innen/Pirat:innen/Welteroberer, die sich ganze Nachmittage lang still vergnügt miteinander beschäftigt und mir so die Möglichkeit gegeben haben, dieses Buch zu schreiben. Nur manchmal, ganz selten, haben mich bedenkliche Geräusche vom Schreibtisch gelockt. Leider ist es wieder kein Abenteuerbuch mit Orks und Trollen geworden, aber ich gelobe Besserung!

Dann danke ich von Herzen meiner wunderbaren Lektorin Christina Weiser, die mich überhaupt erst auf Valentina Schlee aufmerksam gemacht hat, und ebenfalls tausend Dank an Constanze Bichlmaier, die den Roman schließlich so fachkundig und liebevoll mit mir durchgearbeitet hat. Es hat mir wirklich Spaß gemacht!

Dank auch an meine Agentin Conny Heindl, die mit viel Geduld dem langsamen Entstehen des Romans beigestanden hat. Danke! Danke! Danke!

Und nicht zuletzt: Danke an all meine Leserinnen und Leser, denn ohne Sie gäbe es niemanden, für den ich meine Geschichten schreiben würde. Vielen, vielen Dank!